雨宿りの星たちへ

小春りん

STARTS
スターツ出版株式会社

『もしも、未来が見えたなら』

そんなバカげた空想に想いを馳《は》せた、あの日から。
きみとふたり、不確かなものばかりを追いかけた。

ねぇ、きみには、未来はどんなふうに映ってる？
どんなふうに、見えている？

暗闇の中で伸ばした手を掴《つか》んで、光の差す場所まで歩いていこう。
きっともう、大丈夫。きみとなら、大丈夫。
きみとふたり、見えない未来を探しに行こう。

まだ見ぬ未来に届く、その日まで——。

目次

雨宿りの星たちへ

月曜日のにわか雨

「……失礼しました」

頭を下げる直前に見た空は、澄み渡るような青だった。

その青とは裏腹の、ひどく曇った心を連れた私は【榊《さかき》 美雨《みう》】と書かれた進路表を片手に、逃げるように職員室を後にした。

今日は朝から散々だった。襟足についた寝癖は直らないし、そのせいでいつもの電車には乗り遅れ、お母さんが作ってくれたお弁当もテーブルの上に忘れてきた。

こういう日は、必ずと言っていいほど嫌なことが続くものだ。

いつもより長く感じる廊下を早足で歩いて、階段を駆け足で上がると、屋上に続く扉を開けた。

「はぁ……もう、最悪」

開いた扉の向こうから、強く風が吹く。ようやく吐き出した声は、やっぱり心と同じで曇っていて重苦しく、私の足元に、どんよりと大きな影を作った。

そっとまぶたを閉じると、つい先ほど、担任の山瀬《やませ》先生に言われた言葉が頭の中で木霊《こだま》する。

『榊、これはどういうことだ。お前、自分の将来のことなんだぞ？』

眉間にシワを寄せた先生の手には、私が今握りしめている進路表があった。

柔道部の顧問を務めている山瀬先生は、二十代とは思えぬ迫力の持ち主。熊のように大柄な身体で目の前に仁王立《におうだ》ちされると、それだけで萎縮してしまった。

『白紙で出したのは、クラスでお前だけだったぞ。空欄を埋めて、来週の月曜日に必ず提出し直しなさい！』

昼休みに職員室に来るように言われ、いざ行ってみれば頭が痛くなるくらいに懇々と説教された末、進路表を突き返されたのだ。

偶然居合わせた生徒には興味本位で見られて、居心地が悪いったらなかった。だけど先生は、そんなことはお構いなしで、途中から普段の生活態度にまで、話を発展させた。

「……わからないものはわからないんだから、しょうがないじゃん」

ぽつり、と朝露が落ちるように言葉をこぼした私は、ゆっくりと歩を進めて、屋上を囲む手すりに腕を乗せた。

十一月の風は冷たく頬を撫《な》で、ちょうど肩に届くほどの長さの髪を、後ろへ引くように何度も揺らす。まるで、風がこの場所から私を追い出そうとしているみたいだ。

たった、それだけのこと。だけど、それだけのことが苦しくて、私は柄にもなく泣きたくなり、そのまま腕を組んで顔を伏せた。

「……自分の未来が、見えたらいいのに」

こぼれた言葉は涙の代わり。そんなことは絶対に無理だとわかっているけれど、まぶたの裏に映る世界はいつだって暗闇だから、時々、無性にそんなことを願うのだ。

もしも未来が見えたなら、どんなに楽だろう。きっと進路表一枚で悩むこともない。自分の将来に迷って担任の先生に怒られて、十一月の寒空の下……こんなふうに打ちひしがれることも、きっと、ない。

「――未来、知りたいの？」

その時、突然聞こえた穏やかな声が、暗闇に閉じこもっていた私を呼んだ。

弾かれたように後ろを振り向くと、いつからそこにいたのか……扉の前に、男の子がひとり、立っている。

「……っ!!」

「どうしても知りたいなら、教えてあげてもいいよ」

なに……？　どういうこと？　ここに来た時は、確かに誰もいないと思ったのに。

呆然《ぼうぜん》と立ちすくんだまま返す言葉を失っていると、彼はビー玉のような目をそっと細めて、再び静かに口を開いた。

「きみの未来、俺には見える」

その声は、とても鮮明に、心を揺らす。

「ねぇ、聞いてる？」

風が吹くたびに、ふわふわと揺れる黒髪。背は百七十五センチくらいで、私よりも頭ひとつ、高いだろうか。迷いなく、まっすぐに向けられた切れ長の目は彼の清廉さを際立たせ、一度捕らえられてしまえば目を逸らすことは叶《かな》わなかった。

凛《りん》とした空気の中で、彼がまとう空気だけが曖昧で、確かにそこにいるのに、そこにいないような印象を与える、とても不思議な人だった。

「あ、雨宮《あめみや》、先輩……？」

「あれ。俺の名前、知ってたんだ」

私が名前を口にすれば、彼はキョトンと目を丸くして、首をかしげた。

雨宮《あめみや》蒼《そう》。彼は、高校二年生である私のひとつ上で、高校三年生。今年の夏に、東京から電車で三時間以上かかる、この田舎町の学校に転校してきた変わり者だ。

噂《うわさ》では、前の学校でなにか事件を起こして、転校を余儀なくされたのだとか。

確たる証拠もないのに噂だけがひとり歩きするのは、閉鎖された田舎町の悪い風習のひとつだと思う。

とはいえ、町の半分以上は山林で、東京とは比べものにならないくらい不便で小さな町に、しかも高校三年生の夏に転校してくるなんて……。なにかしらの事情があってのことなのかもしれない、とつい勘繰ってしまうあたり、私もこの町の色に十分に染められてしまっている。

だけど、私が雨宮先輩を知っていた理由は、彼にまとわりつく悪い噂のせいだけではなかった。雨宮先輩自身が、ひどく人を惹《ひ》きつける容姿——この田舎町には似つかわしくない、美しく洗練された容姿をしているからだ。

「それで？　本当に、自分の未来を知りたいの？」

ぼんやりと、どこか現実離れした彼の顔を見つめていると、再度、同じ言葉を投げられた。どうやら、先ほどから聞こえている声は空耳ではないらしい。

いったい、雨宮先輩はなにを言っているんだろう。だって、私の聞き間違えでなければ、先輩は私に自分の未来を知りたいかと聞いているのだ。

もしかして私が、『自分の未来が、見えたらいいのに』と、ぼやいたから？　だとしたら本当に、いつからそこにいたのだろう。というか、そもそも未来なんて見えるはずもないのに、冗談にもほどがある。

「ごめんなさい、言っている意味が、わからないんですが……」

結局、思ったことを口にすると、「そりゃそうだよな」と、苦笑いが返ってきた。

「でも、これ以上、説明しようがないんだ」

当然のことのようにそう言った雨宮先輩は、私の立つ場所までゆっくりと歩いてくると、人ひとり分の距離を空けて隣に立ち、冷たい手すりに指を乗せた。

ビー玉のような瞳が真っ直ぐに私を捉える。

「え……‼」

不意に視線と視線が深く重なるように交差したかと思えば、まるで蒼《あお》い海の底をのぞいたかのような錯覚に陥った。蒼の世界に意識も身体も沈んで、私は金縛りにあったみたいに息の仕方を忘れたのだ。

それは一瞬かもしれないし、とても長い時間だったかもしれない。ふわふわと足が地面から離れて、無重力の世界を泳いでいるようだった。

「……っ！」

再び強く吹いた風が髪をなびかせ、見開いたままの私の目を覆う。

風に頬を叩《たた》かれ意識を取り戻した私は、慌てて雨宮先輩から目を逸らすと一歩、彼から距離を取った。

……なに、今の。いったい、なんなの？

心臓が暴れるようにバクバクと高鳴って、うるさい。ブラウスの胸の辺りをギュッと掴むと、指先がジンジンと痺《しび》れた。

「……見えた」

ぽつり、と先輩の口からこぼれた言葉が足元で弾ける。誘《いざな》われるように顔を上げると、見惚《みほ》れるほど綺麗《きれい》な横顔が、まっすぐに空を仰いでいた。

いったい、どうしてこんなことになっているのだろう。

『見えた』っていったい、なんのこと？　まさか本当に未来が見えたなんて……そんなこと、言い出さないよね？

「あ、あの……」

恐る恐る口を開くと、雨宮先輩は無表情で空を見上げたまま、私たちの頭上で燦々《さんさん》と輝く太陽を指差した。

「今日の放課後、突然、大雨が降る」

「……え？」

「それで、きみは、ずぶ濡《ぬ》れで帰る羽目になるよ」

視線の先の空には相変わらず澄み渡るような青が広がっていて、雨が降りそうな気配もない。朝に見た天気予報も、今日は一日晴れだと言っていた。

「なに、言って……」

困惑の言葉をこぼすと、再び彼の視線に射抜かれて、今度こそ心臓が早鐘を打つように高鳴った。

なにかが、おかしい。先ほどから、雨宮先輩に渡される言葉の、なにかが。

「別に、信じなくてもいい。だけど、間違いなく雨は降る」

「……っ」

彼の言葉を合図に、私は冷たいコンクリートを強く蹴って走り出した。これ以上、雨宮先輩と同じ空間にいたらいけない気がして、必死に足を前へ前へと動かす。速く。もっと速く。雨宮先輩から、一秒でも早く離れなきゃ……。

通ってきたばかりの廊下を戻ると、自分の教室までの道程を、一度も足を止めることなく駆け抜けた。

「あ！　美雨、おかえり。先生からのお説教、終わったの？」

教室に着くと、息を切らした私を見て、友達のひとりが心配そうに声をかけてくれた。

けれど私は、質問に答えるより先に、窓際まで歩を進めて屋上を見上げた。そして、さっきまでそこにいたはずの雨宮先輩の姿を必死に探したのだけれど……。

「いない……」

視線の先にあったのは、からっぽの屋上だけ。

『たった今起きた出来事はすべて夢だ』とでも言うように、雨宮先輩の姿は忽然《こつぜん》と消えていた。

火曜日の衝撃

「あー、もう。まだ湿ってる……」

火曜日の朝、私は教室に着くなり自分の席にカバンを置くと、いつもよりほんの少し重いスカートの裾をつまみ上げた。

昨日の放課後は散々だった。最寄り駅で電車を降りて、駅から家まで十五分の道のりを自転車で走っている最中、突然、雨が降り出したのだ。

慌てて見上げた空は知らぬ間に黒い雲に覆われていて、昼間の青空が嘘《うそ》のよう。気づいた時には時すでに遅く、次の瞬間、空から指の間を擦り抜けた水滴のような大粒の雨が落ちてきた。

田んぼと畑が広がっている道の途中にはコンビニなんて便利なものはなく、私は、とにかくペダルを漕《こ》ぎ続けるしかない。

土砂降りの雨のおかげで制服は、ずぶ濡れ。家に帰ってからすぐに、身体に張りついた制服を脱ぎ捨てたけれど、替えのきかないスカートだけが、今朝になっても昨日の雨の名残《なごり》を残して湿っていた。

「美雨、おはよう！」

眉間にシワを寄せ、昨日の災難を思い出していると、唐突に肩を叩かれた。

弾かれたように顔を上げれば、友達の佐伯《さえき》ユリがいて、思わず身体から力が抜ける。

「昨日の雨、すごかったね。美雨、大丈夫だった？」

難しい顔でスカートをにらんでいた私を心配してくれたのだろう。ユリは苦笑いをこぼしながら私の顔をのぞき込むと、かわいらしく首をかしげた。

今日も高い位置で結われた髪が、彼女の動きに合わせて優しく動く。

「大丈夫じゃないよ、もう最悪。雨の中、自転車で帰って制服はずぶ濡れだし……スカートも、未だにちょっと湿っぽい」

ため息交じりに答えると、ユリが「私もけっこう濡れたよ。最悪だよね」と小さく笑った。

「昨日の朝の天気予報では一日晴れだって言ってたのに。ホント、天気予報って当てにならないよね」

言いながら、私の隣の席に腰を下ろしたユリを視界の端に捕らえて……私は、昨日の自分が同じことを思った時の景色を思い出した。

『今日の放課後、突然、大雨が降る』

『それで、きみは、ずぶ濡れで帰る羽目になるよ』

それらは、昨日の昼休みに屋上で、雨宮先輩に言われた言葉だ。

『きみの未来、俺には見える』

あの時は、雨宮先輩はいったいなにを言ってるんだろうと思ったけれど……本当に、雨宮先輩の言葉どおりになったのだ。

天気予報でさえ、当てられなかった、にわか雨。あれは、偶然？　それとも本当に、土砂降りの中、ずぶ濡れになって帰る私の未来が雨宮先輩には見えたのだろうか。

「──う、みーう、美雨っ!!　聞いてる!?」

「わ……っ。ご、ごめん、なに？」

つい、ぼんやりと昨日の出来事を振り返っていると、ユリの声に現実へと引き戻された。

いつの間にか強く握りしめていた拳。その手をそっと解いて隣を見ると、「だから、昨日の雨で携帯が壊れてさぁ」と唇をとがらせるユリと目が合った。

「ねぇ……ユリ」

「うん？」

「雨宮先輩って、知ってる？　ほら、三年の……」

薄く開いた唇から溢《あふ》れるように名前をこぼせば、ユリがもともと大きな目をさらに見開いて、「もちろん、知ってるよ」と返事をくれた。

「雨先輩でしょ？」

「あめ、先輩……？」

「そうそう。みんな、そう呼んでるよ！　なんでも、雨先輩が転校してきた日は、記録的豪雨とか言われるくらい、ひどい雨が降ってたんだって。そんな日に転校してきた人の苗字が雨宮で、ついでに呼び方が〝アマミヤ〟と間違えやすいから、わかりやすいように『雨先輩』って呼んでるんだって、前に部活の先輩たちが言ってた！」

雨、先輩かぁ。それはなんだか、理由が理由すぎて呼ぶのが申し訳ないような……。本名だから仕方ないにせよ、暗に〝雨男〟だと言われていることを、本人は嫌がってはいないのだろうか。

「でもさぁ、雨先輩には、近付かないほうがいいよー」

先ほどまでの私と同じように難しい顔をしたユリが、細い脚を静かに組む。

「近付かないほうがいい？」

「うん。なんでも東京の学校でヤバイ事件を起こして退学になったって。それで、家族とはいられなくなっちゃって、おばあちゃんに引き取られたとかなんとか……。まぁ、先輩たちから聞いた話だから、詳しいことはわからないんだけどね」

そう、あっけらかんと言ったユリは、指先で前髪と遊んでいた。

やっぱり、雨宮先輩――雨先輩には、悪い噂がまとわりついている。もちろんそれが事実かどうかは不明だけれど、火のないところに煙は立たないというし……なにより、昨日初めて話した雨先輩は、無関係の私が見ても、どこか変わっていた。

思わずユリから目を逸らして視線を下に落とせば、開かれた窓から冷たい風が迷い込んできた。制服のスカートは未だに湿っていて、不快感だけを私の心に残している。

「美雨？　雨先輩が、どうしたの？」

「う、ううん……なんでもない！」

うつむいてしまった私の顔をのぞき込んだユリを前に、慌てて首を左右に振った。

まさか雨先輩に未来を当てられたなんて、口が裂けても言えるはずがない。

そんなことを言ったら、私まで変な人だと思われそうだし……。なにより、好奇心旺盛なユリは、本当に雨先輩は未来が見えるのかどうか確かめに行こうとか言いかねない。

できればもう、どう転んでも変わり者の雨先輩とは関わりたくなかった。

「変な美雨ー」

「あ、あはは……」

煮え切らない様子の私をいぶかしげに見るユリを前に、苦笑いをこぼした。

そう、きっと、あれは偶然だ。たまたま先輩が言ったことが本当になっただけで、未来が見えるなんてそんなバカなこと、あり得ない。

今日の天気予報も晴れ。まるで、昨日の放課後の雨が嘘のようだ。

私は澄み渡る青をそっと見上げて、昨日の出来事すべてが、自分が見た悪い夢であるように、と強く願った。


「……私って、ホント、ツイてないのかも」

太陽が空に一番高く上がる頃、私は肩を落としながら長い廊下を歩いていた。

朝、ユリから雨先輩のことを聞いた後、私は自分の机の中を見て冷や汗をかいた。

昨日、担任の先生から突き返された進路表が、どこにもないのだ。

腕を机の中に入れたまま、頭の中で必死に進路表のありかをたどった。

昨日の昼休みに職員室に行き、進路表を突き返されて、屋上に行った。それまでは確かに進路表は私の手の中にあって……でも、そこから先の行方《ゆくえ》がわからない。

そもそも私は、屋上から進路表を持って教室に戻ってきたんだろうか。……ううん、覚えがない。ということは、屋上で失くした以外、考えられない。

だとしたら、進路表が無事であるわけがない。だって昨日は、あの後、雨が降った。そもそも屋外で、風が強く吹いていたのに、頼りない紙切れ一枚が飛ばされずに無事でいるはずがない。

「ハア……もう、さい……っあく」

言葉ではそうこぼしながらも、私は一縷《いちる》の望みをかけて、昼休みに屋上へと向かっていた。

もしかしたら運よくどこかに引っかかってくれている可能性だってゼロではない。

なにより、進路表を失くしただなんて、昨日の今日で山瀬先生に言う勇気はなかった。

昨日散々怒られたのに、また今日もお説教で昼休みの大半を終えるだなんて最悪だ。

「ハァ……」

今日何度目かもわからないため息をこぼした私は、鉛のように重い足を一歩一歩持ち上げ階段をのぼると、鉄の扉を押し開けた。

その瞬間、冷たい風が強く吹き、私の頬を痛くなぞる。

差し込んだ光のまぶしさに、一瞬だけ目を細めると……今日も私の目には、寒空に揺れる黒髪が飛び込んできた。

「あ、雨、先輩……？」

思いもよらない人物がいたことに、反射的に口を開くと、彼はゆっくりと振り向いた。

シャツの上に羽織られた、校則違反であろう紺色のパーカー。チェック模様の入ったグレーの制服のズボン、モノトーンのシンプルなスニーカー。

無機質な鉄の手すりの上に手を置いたまま、私をまっすぐに見つめる雨先輩だけが絵画のようで、どこか現実から切り離されているみたいだった。

「また来ると思ってた。ていうか、今日も来るって知ってた」

「……っ」

思わず心臓が大きく跳ねる。

私が今日も来ることを知っていた？　雨先輩は、本当に未来でも見えているというのだろうか。

いや、そんなはずはない、と思うのに、心臓が早鐘を打つように高鳴って、落ち着かない。一歩、誘われるように屋上へと足を踏み入れると、背中の扉が風に押されて乱雑に閉められた。

「か、からかってるんですか？」

「からかってるのかどうかは、自分で考えてみたら？」

緩やかに口角を上げて微笑《ほほえ》んだ彼は、唐突にズボンのポケットへ手を入れた。

一つひとつの仕草を視線で追いかければ、再び出された雨先輩の手には、綺麗に折られた一枚の紙が握られていた。

差し出されたその紙が、いったいなんなのか。そんなこと、言われなくてもわかってしまう。

「昨日、俺が見たのは、土砂降りの雨の中……一生懸命自転車を漕いでいる、きみの姿。それと、もうひとつは、この白紙の進路表を探しにここへ来て……その扉の前で俺を見ながら、立ちすくんでいる姿だ」

「……っ、返してください!!」

思わず駆け出して、私は雨先輩の手の中の進路表を引ったくった。

幸い、タイミングよく雨先輩が手を離してくれたおかげで、進路表は破れることもなく私の手に返ってきた。

つい力いっぱいそれを握った私を見て、雨先輩は小さく笑みをこぼして息を吐く。

「ごめん、後半は嘘。俺が見たのは、ずぶ濡れになってるっていう前半の未来だけ。これは昨日、俺の足元に飛んできたのを拾ったんだよ」

「……拾った?」

「気づかなかった？　きみの手からこぼれ落ちてきたのに」

雨先輩の言うことが本当なら、私がいつの間にか手放した進路表を、彼が拾って持っていてくれたということだ。

「だって、なくちゃ困るだろ。自分の、未来」

突然、重みのある声で放たれた雨先輩の言葉に、私は一瞬、声の出し方を忘れた。

凛と伸びた背筋。強い光を宿した目がまっすぐに私のことを見つめている。

真っ黒な瞳には泣きそうな顔をした自分が映っていて、握りしめた拳が震えた。

ああ、そうだ。未来はきっと、今も私を遥《はる》か遠くで待っているのだろう。だけど私には、その未来が見えないんだ。閉じたまぶたの裏側は暗闇で、私はどこに向かって歩いていけばいいのか、わからずにいる。

「先、輩は……」

「うん？」

「あ……雨先輩は、本当に、私の未来が見えるんですか？」

思わず口をついて出た言葉に、自分で自分の耳を疑った。

同時に、雨先輩が私を見る目を細めて首をかしげる。

どうして、こんな質問をしたのだろう。未来が見えるかどうかなんて、そんなの聞かなくても答えはわかっている。未来なんて、見えるはずもない。未来が見えるなんて、そんなの嘘に決まっているのに……。

「見えるよ」

だけど私の疑念をよそに、さも当然のことのように、雨先輩は答えた。

「え……」

「お望みなら、いつの未来が見たいのか聞かせてくれる？　……榊、美雨さん」

名前を呼ばれた瞬間、心臓がドクリと脈を打った。

どうして、雨先輩が私の名前を知っているんだろう。

けれど、そう思ったのは一瞬で、すぐに理由にたどり着いた。

手の中で、強く握られた進路表。そこに書かれた名前が、先ほどからジッと、私のことを試すように見上げている。

「教えてくれたら、今すぐにでも未来を見てあげる」

続けられた言葉は、雨先輩が私のことを挑発しているようにも聞こえて、心臓が不穏に高鳴った。

『どうせ俺のことなんて信じていないんだろう』『信じる気もさらさらないんだろう』と、暗に言われているようだ。

確かに、そのとおりだけれど……。それでも、一度だけ、彼の言葉を信じてみたくなった。ううん、正確には、すがりたかったんだ。

「じゃ、じゃあ、一週間後……」

「一週間後？」

「はい。来週の月曜日の……私の未来を見てください」

来週の、月曜日。それは進路表を再提出しなければいけない日であり、私が未来を選ばなければいけない日。

だけど、言ってから後悔した。

本当に、私はなにをやっているのだろう。こんな、バカバカしい冗談にすがるなんて、どうかしている。こんなことをしても今あるものはなにひとつ変わらないのに、自分で自分が恥ずかしい。

「わかった。一週間後のきみの未来、今から見るよ」

けれど、返ってきたのは至極冷静な声だった。

「な、なに、言って……」

「黙って。こっち、見て」

黒曜石のような瞳が、再び私を捕える。まっすぐに私の目を見た雨先輩の瞳に吸い寄せられた瞬間、私の中の時間が止まった。深く蒼い海の底をのぞいたみたい。ふわふわと足が地面から離れて無重力の世界を泳いでいるような、不思議な感覚がした。

……ああ、そういえば昨日も、こんなことがあった。雨先輩に、瞳の奥を見つめられ……どうにもいたたまれなくなった私は、慌てて彼から目を逸らしたんだ。そしたら蒼の世界から解放されて、自分の足で確かに屋上に立っていた。

「……っ!!」

けれど、昨日と違うのは雨先輩の反応だった。まっすぐに私の目を見つめていた雨先輩は突然、おののいたように一歩後ろへ足を引いたのだ。昨日は私の意識が戻ってきた後も、何事もなかったかのようにしていたのに。

「雨先輩、あの……?」

今、目を見開いたまま固まっている彼を前に、思わず困惑の声が漏れる。

そんな私に気づいているのかいないのか、雨先輩は視線を左右へさまよわせると、不意に戸惑った様子でうつむいた。

「見えなかった、けど、見えた」

「え？」

「いや、見えた、けど……見えなかった」

なにを言ってるの？

まるで言葉遊びをしているかのように視線を動かす雨先輩は、はっきりしない口ぶりで相変わらず視線をさまよわせたままだ。けれど次の瞬間、ゆっくりと顔を上げたかと思えば、予想外のことを口にした。

「すごく必死な表情をした、制服姿のきみが雨の中を走ってた」

ぽつり、ぽつり。まるで雨音のように話す雨先輩は、やっぱりなにかを躊躇《ちゅうちょ》している。

「そこに大きな黒い塊が、きみに向かって突進してきて……驚いた表情をしているきみが見えた後、突然世界が暗闇に包まれて……そこから先の、きみの未来が見えなくなった」

「そ、それって」

それって、まさか……。

「榊美雨は……一週間後に死ぬだろう」

吹き抜ける風はやっぱり冷たく私の頬をなぶって、心に深く傷をつけた。

「美雨には、未来がない」

強く、強く、風が吹く。

まるで、空から突然落ちてきた拳で、頭のテッペンを殴られたみたいな衝撃だった。冷や汗が背中を伝い、全身から力が抜けて、地面についた足先だけが、やけに熱い。

驚きを通り越して絶望すると、人は声が出なくなるのだと初めて知った。

「美雨には、未来がなかった」

念を押すように言った雨先輩の目には憐《あわれ》みと罪悪感がにじんでいて、余計に私の心を追いつめる。

「美雨が死ぬのは、ちょうど一週間後。来週の月曜日だ。ハッキリと見えたのは、今伝えたことだから……これ以上、言えることはないんだけど」

本当に、なにを言ってるの。悪い冗談はやめてよ、いい加減にして。彼は、普通じゃない。頭のねじが外れているんじゃないか。

淡々と話す雨先輩に心の中で反論してみても、絶望が胸から消えることはない。

「ごめん、美雨……」

心配そうに顔をのぞき込まれて、反射的に身体が危険を感じ取った。

「もし美雨が望むなら、それまでの未来も細かく見てみようか？」

「けっこうですっ!!」

私は全力で彼を突っぱねると、逃げるように屋上を後にした。

階段を駆け下りた直後、背後でバタン！と乱暴な音を立てて屋上の扉が閉まる。

去り際に、雨先輩がどんな表情をしていたかはわからないけれど、それまでの彼は、『なにもかもが現実で、当然のことなのだ』と言わんばかりに真剣だった。

怒りと不安に苛《さいな》まれながら、早足で廊下を歩く。

「意味、わかんない……っ」

そうして私は教室まであと数メートルという場所まで歩いてきたところで足を止め、壁に背を預けた。

私の、未来がない？　本当に、悪い冗談はやめてほしい。

吐き出した息は震えていて、指先はジンジンと痛むほど冷え切っている。

現在《いま》は、確かに未来へと続いているはずなのに。未来は誰にでも当たり前に訪れるはずなのに……私にはそれがないなんて、信じられない。

「冗談、だよね……？」

絞り出した言葉は、やっぱりひどく震えていた。

頭の中では、先ほど聞いた雨先輩の言葉がしつこいくらいに繰り返されている。

『美雨には、未来がない』

もしもすべてが本当だとしたら……。そんな不安がぬぐえないのだ。

本当に未来がないのなら、私はこれからどうやって歩いていけばいいのだろう。

どうやって生きていけばいいのだろう。

顔を上げた先にあるのは、いつもの学校風景だった。

早く教室まで帰らないと昼休みが終わってしまう。

鉛のように重い足を前に出し、私は再び歩き始めた。握りしめていた手には汗がにじんで、進路表に消えない跡を残していた。


「……ねぇ、もしも、自分が一週間後に死ぬって言われたら、どうする？」

ホームルームを終え、帰り支度をしていたユリを引き止めた私は、昼休みを過ぎてからずっと考えていたことを尋ねた。

「は……？　美雨、なに言ってんの？」

唐突な質問に、ユリは当然のように目を丸くして固まっている。

「美雨……もしかして、どっか悪いの……？」

「う、ううん！　ごめん、そういうんじゃなくて。なんとなく、どうなのかなぁって思っただけ。えぇと……最近読んだ小説で、そんな話があって」

不安げに瞳を揺らしたユリを前に、慌てて言い訳を並べた。

「なぁんだ。それならよかった、急に変なこと言うから心配しちゃったよ」

胸に手を当て、ホッと息をついたユリを見て、やっぱりそれが普通の反応だよねと心の中で安堵《あんど》した。

私は、間違っていない。雨先輩が普通じゃないだけ。だって、悪い冗談を真実だとばかりに真剣に言うんだもん。

それを鵜《う》呑《の》みにしそうになっていた私は、雨先輩に感化されてしまったに違いない。きっと、どこか浮き世離れした彼と、一対一で非現実的な話をしたせいだ。

「でもさぁ、実際、あと一週間後に死ぬって言われたらビックリするし、ショックだよね」

通学カバンを肩にかけながら、意外にも興味深そうに話すユリは、グラウンドの片隅を見つめていた。

「……だよね」

ユリの言葉どおり、雨先輩に『一週間後に死ぬ』と言われた時には驚いたし、とてもショックだった。私はただ、一週間後の自分が進路表になんと書いて提出したのかを知りたかっただけなのに。そもそも、たとえ冗談でも一週間後に死ぬと言われていい気はしない。

雨先輩はそこまで深く、考えていなかったのかもしれないけれど、世の中には言っていい冗談と悪い冗談があるのだ。

「私だったら、どうするかなぁ」

「え？」

「もしも一週間後に死ぬって言われたら、お小遣いを使い切るために食べたいものを全部食べて、美雨や友達と遊び回って、プリクラもたくさん撮ってー。それで最後に……好きな人に告白するかなぁ」

あっけらかんと笑いながら言うユリに、思わず目を見開いた。

「だって、死ぬ前に、やりたいこと全部やっちゃいたいじゃん。そうしないと、悔いが残りそうだし」

ユリはかわいらしい外見に反して、案外たくましい。一週間後に死ぬと言われて、前向きに……と言ったら変だけど、悔いが残らないようにしたいと思えるなんて。

私はそこまで考える余裕もなかった。

死ぬ前にしたいこと、か。確かに、自分がもう少しで死ぬとわかっていたら、やりたいことや今まで我慢していたことを全部やってしまいたいと思うのが普通なのかもしれないけれど……。

「ねぇ、美雨は？　美雨が、もしも一週間後に死ぬってなったら、どうする？」

「わ、私は……」

思わず声を詰まらせて、カバンの持ち手をギュッと掴んだ。

もしも雨先輩の言うとおり、一週間後から先の未来が私にはないのだとしたら、私もユリと同じで、悔いが残らないようにやりたいことを全部やっちゃいたいと思うのかな？　我慢していたことも全部……もう、我慢しなくていいのかな？

「……わかんない」

だけど実際は、そんなに簡単なことではないとも思う。

死ぬからといって、今ある現実がそう簡単に変わるわけではない。死ぬ前にやりたいことを全部するためには、必要なものがたくさんある。望みを叶えるために必要なお金や周りからの理解、身体がついていくかどうかの心配と……自分に残された、時間との戦い。それがあと一週間しか猶予がないのだとしたら、なおさらだ。

そもそも、実際に自分がそういう状況に立たされてみないと、答えなんて見つからない。

「えー！　わかんないってズルイ！」

「だって……やっぱり、一週間後に死ぬとか想像できないもん」

苦笑いをこぼせば、ユリは「まぁ、それはそうかもしれないけど」と、唇をとがらせた。

そう、雨先輩の予言は、なにもかもが空想で、バカげた話。

だけど、頭では理解しているはずなのに、どうしてか私の心は揺れていた。

もしも、雨先輩の言ったことが全部、本当だったら？　そんな思いがずっと、離れないのだ。だって実際、昨日のにわか雨については彼の言ったとおりになった。偶然にしては、出来すぎなんじゃない？　なにより、私の未来について話す雨先輩の目は真剣で……彼が冗談を言っているようには見えなかった。

「でも、私と美雨って、入学してから今日まで皆勤賞だしね！　元気なのが一番の取り柄って感じだし、考えるだけ無駄かもねー」

つい、うつむいて考え込んでいると、再びあっけらかんと笑ったユリの言葉に現実へと引き戻された。

「私たち、人生まだまだこれからなんだから！　おばあちゃんみたいなこと考えるの、やめよっ！」

楽観的なユリのおかげで、ほんの少し心が軽くなる。

そうだよね。考えるだけ無駄。もう、深く考えるのはやめよう。自分が死ぬわけないんだから。

クラスメイトがほとんどいなくなった教室で、私とユリは笑い合った。

心を曇らせていた影は薄くなり、教室を出る頃には自然と前を向けていた。

「なんで……？」

部活に向かうユリと別れ、ひとりで昇降口を出た私は、しばらく歩いたところで足を止めた。

放課後になると冷たさを増す十一月の風のせいで、誰もが少しでも早く家に帰って温まりたいと思うだろう。けれど視線の先にいる人物は校門の壁に寄りかかったまま、どこか遠くの空を眺めていた。

会いたくない人に、会ってしまった。よりにもよって、今から帰るというタイミングで通り道に雨先輩が立っているなんて、本当にツイてない。

心の中で深くため息をつくと、私は先輩に気づかれないように視線を下に落としながら校門を通り過ぎた……はずだった。

「やっと来た」

突如、私の身体を覆った影に、ギクリと肩を揺らす。恐る恐る顔を上げると、私をまっすぐに見下ろす雨先輩と目が合った。

……最悪だ。

「もう帰ったのかと思った」

「な、なにか、ご用ですか？」

思わず一歩後ろへ足を引き、雨先輩へ言葉を投げた。彼の口から次はどんな言葉が飛び出すのか不安で、自然と身体が身構えてしまう。

「昼間のこと、謝ろうと思って待ってたんだ」

「は？」

「随分《ずいぶん》、美雨を怖がらせるようなことを言ったから、申し訳なかったなと思って」

やっぱり、雨先輩は予想外だ。まさか、謝るために待ち伏せされるとは思ってもみなかった。

相変わらずまっすぐに私の目を見て話す彼に対して、内心で大きく息を吐いた私は、胸の前で強く拳を握りしめた。

私に謝るために待っていたということは、行きすぎた悪い冗談だったと雨先輩は反省したということだろう。やっぱり、先輩は私のことをからかったんだ。

どうしてそんなことをしたのかわからないけれど、謝ってくれるというのなら、もうその気持ちだけで十分だ。だから、これっきり。これを最後に今度こそ、関わり合いを持つのはやめよう。

「……あの、お気になさらず。からかわれていたことはもうわかったので、いろいろ、全部なかったことにしま――」

「もっと、別の言い方があったんじゃないかと思って」

だけど、すべてを水に流そうとした私の言葉を遮って、雨先輩はいきなり深々と頭を下げた。

「……は？」

「これから死ぬっていう絶望的な未来を伝えるなら、もっと言葉にも気を使うべきだった」

配慮が足りなくて本当にごめん、と続けて言って顔を上げた雨先輩を前に、たった今先輩を許そうと思っていた自分を心底、殴りたくなった。

「突然、一週間後に死ぬなんて言われたら、美雨も驚くしショックだよな」

憂いを帯びた切なげな声に、私の苛立ちが増す。

本当に、この人はなにがしたいんだろう。

私を心から心配していると言いたげな視線を寄越す雨先輩を前に、足は根を張ったようにその場から動かない。昨日の雨のせいか足元には大きな水たまりがあって、あと一歩でも間違えば、私はその中へと引きずり込まれてしまいそうだ。

驚くしショックだよな？　確かにそのとおり、一週間後に死ぬと言われた私は驚いたし、ショックだった。だけど、それもこれも全部、なんの恨みがあるのか知らないけど、雨先輩が私に変な冗談を言ったせいでしょう？

もはや、『美雨』とか勝手に人を呼び捨てにしていることにすら腹が立ってきた。

力いっぱい拳を握って雨先輩を下からにらみ上げると、溜《た》まりに溜まった怒りが喉の奥で破裂しそうになった。

「雨先輩は、いったい、なにがしたいんですか？」

それでも精いっぱい理性を掻き集め、なんとか冷静に言葉を返す。

「別に俺は、なにがしたいとかじゃない。ただ、心配で待ってただけだよ」

まっすぐに私を見ながらキッパリと言い切った彼は、やっぱり嘘や冗談を言っているようには見えない。けれど今は、その真摯な態度が余計に私の神経を逆撫でするのだとは思ってもいないのだろう。

「……心配って、どういうことですか？」

「自分が一週間後に死ぬんだと知って、美雨が落ち込んでないか……思い悩んでないか、心配で……」

「いい加減にしてっ!!」

我慢の限界が来るのは思った以上に早かった。喉の奥から出た叫びは冷たい空気を震わせて、私は思わず両手で耳を覆うと、力いっぱいまぶたを閉じた。

もう、いい加減にしてほしい。人をからかうのも、バカにするのも。もう、ウンザリだ。一週間後に、私が死ぬ？　そんなの、悪い冗談では済まされないって、どうして先輩はわからないの。

続けて吐き出しそうになった言葉を呑み込んで、グッと奥歯を噛《か》みしめる。

きっと彼には、なにを言っても無駄なのだ。普通の感覚を持ち合わせていない人には、私の気持ちはわからない。わかってほしいと思うことすら時間の無駄で、なにを言っても伝わらない。

「美雨。少しでいいから、俺の話を聞いてほしい」

強い口調でそう言った雨先輩を前に、私はゆっくりとまぶたを持ち上げた。

「私は、先輩の話を聞きたくありません」

キッパリと言い切ってから、ようやく動き出した足は、再び逃げるように先輩から距離をとる。

……帰ろう。

心の中で、その言葉を吐いた私は、そのまま振り返ることもなくまっすぐに、通い慣れた駅までの道を歩き始めた。

「美雨……っ!!」

けれど、名前を呼ばれたと同時に、今度は腕を痛いくらいの力で掴まれたために足が止まった。グッと後ろへと身体が引かれたせいで、足がもつれてその場に倒れ込みそうになる。

思わず「ひゃっ……!!」と小さな悲鳴をあげた直後、身体が温かい腕に抱きとめられて、心臓がドクンと高鳴った。

「あ……っ、ぶな」

耳元で、雨先輩の慌てたような声が聞こえた。力強い腕の中、ゆっくりし顔を上げると、置き去りにしてきたはずの綺麗な顔があって、不覚にも息を呑む。

「ごめん。力加減、誤った」

申し訳なさそうに眉尻を下げる雨先輩は、私の身体を離そうとはしない。むしろ、気を抜いたらまた逃げられるとでも思っているのか、私を強く引き寄せた。

「信じてもらえないかもしれないけど、美雨を傷つけるつもりはなかったし……今も、傷つけたくないと思ってるんだ」

高鳴る鼓動の理由はなんなのか、自分でももう、よくわからなかった。

「未来を見ることで、少しでも美雨が救われたらいいと思った。だけど、結果としてこんなことになって……本当に、申し訳なかったと思ってる」

真剣な口調で言う雨先輩の言葉に、返す言葉が見つからない。

「傷つけて、ごめん。謝って済むことじゃないけど……ホントに、ごめん」

私を抱きしめて謝る先輩の声と身体は震えていて、私の心に深く、深く、突き刺さった。

どうして、雨先輩が傷ついた表情をしているの？　どうして先輩は、そんなに必死に謝るの？

身体を蝕《むしば》むのは、言いようのない虚無感と、絶望だ。

これが夢か現実かも、もうよくわからなくなってきた。傷ついているとかいないとか、そんなのもうどっちでもいい。

「美雨……ごめん」

思った以上に、私は、雨先輩の悪い冗談で心が疲れ始めているらしい。正直、なにを言われても、これ以上、雨先輩と関わり合いを持ちたくなかった。

自分の未来がどうなるとか、もうどうでもいい。よくよく考えてみたら、あってもなくても同じような未来のことを考えるだけ無駄なのだから。

「傷ついては、ないです。だから、もう謝ってくれなくていいので放っておいてください……」

言いながら雨先輩の胸を押し返すと、彼は悲しげに瞳を揺らした。

本当ならもう少し、気の利いたことが言えたらよかったのだ。だけど、とにかく今は、少しでも早く雨先輩から離れたかった。少しでも早く、この冗談みたいな事態から逃れたかった。

「……それなら、よかった」

なにがよかったのかは、わからないけれど。そう言って私を解放した雨先輩は、今にも泣きそうな顔で笑った。

不覚にも、その笑顔に一瞬、胸を痛めてしまう自分がいる。罪悪感なんて、感じる必要はないのに。……胸が苦しい。

「……っ」

私は唇を噛みしめると、再び一歩後ろへ、足を引いた。

「ただ、俺は……俺のせいで混乱させた以上、できる限りのことはしたいと思ったんだ」

やっぱり雨先輩の言葉には少しも嘘なんて感じられず、無性に胸の奥がざわつく。

「俺に答えられることがあれば、できる限り答えるから言ってほしい。少しでも、なにかの役に立つかもしれない」

「じゃあ、もっと証拠を見せてください」

口が滑るとは、まさにこのことだろう。あまりにも鮮明に口をついて出た言葉に、言った自分が一番驚いた。

私の言葉に目を見開いた雨先輩も、狐《きつね》につままれたような顔をして固まっている。

「証拠、って……。未来が見える、っていう証拠をってこと？」

ほら、思う壺《つぼ》だ。また当然のことのように『未来が見える』だなんて口にした先輩は、かわいらしく首をかしげて私の顔をのぞき込む。

ついイライラして我慢できなくなり、バカなことを口走ってしまった自分を、今度こそ殴りたくなった。

　こんな話、さっさと切り上げて逃げるのが正解なはずなのに、気がつくと彼のペースにのせられている。

「それじゃあ、美雨のこの後の未来を見てみ――」

「私の未来は、もうけっこうですから……っ!!」

　慌てて声を張り上げれば、再び先輩が目を見開いて硬直した。

「や、あの……もう、私の未来を見てもらうのは怖いので、見てくれなくていいです」

「ああ、それもそうか」

　ある意味本音だったけれど、どう考えたってその場しのぎの私の言い訳に、「確かにそうだよな」なんてうなずいた先輩を見て、思わずため息がこぼれそうになった。

　この人って、本当に掴みどころがなさすぎる……。やっぱり、『火のないところに煙は立たない』って本当だ。こんな変な人だから、過去になにか悪い噂をささやかれるような出来事があったとしてもおかしくない。

　そんなふうに私が考えている間に、キョロキョロと辺りを見渡していた雨先輩は、突然ある一点で視線を止めた。

　そのまましばらく、その先をジッと見つめている彼を前に、今なら逃げられるんじゃないかと思案する。

「……あの猫」

けれど、私の思いを知る由《よし》もない雨先輩は、唐突に、ある一点を指差した。

「え？」

「あそこの茂みから顔を出している猫」

言われたとおりに指差された方を見ると、そこには一匹のトラ柄の猫が茂みからヒョッコリと顔を出して、こちらを警戒するようににらんでいた。

「あの猫が、どうかしたんですか？」

「うん。あの猫、この後すぐに、そこの角を猛スピードで曲がって走ってくる、シルバーのセダン車に轢《ひ》かれる」

「……は？」

「で、避けようとして避けきれなかった車は、その先のガードレールにぶつかって止まる。だけど運転手は無事に出てきて、自分が轢いた猫に対して文句を言う」

思いもよらない、冗談とも取れない言葉に、開いた口が塞がらなかった。

あの猫が轢かれる？　本当に、バカなことを言うのもいい加減にしてほしい。

「……その文句が聞こえたあと、ゆっくりとあの猫の未来が暗闇に包まれて見えなくなった」

「あ、雨先輩……。本当に、悪い冗談は、もう――」

猫から先輩へと視線を戻し、『悪い冗談は、もうやめてください』と、今度こそ抗議の言葉を投げようと思った瞬間……。

「……っ!!」

突然、耳をつんざくようなブレーキ音が、辺り一帯に響き渡った。

それと同時に、ドォン！という重苦しい音が、私の心と身体を激しく揺らす。

「っ、ざけんなよ、クソ猫！　急に飛び出してきやがって!!」

大きな音が響いて十数秒後、耳に届いたのは、聞くに堪えない怒号だった。

恐る恐る声のした方へと目をやれば、そこには顔を真っ赤にして怒る男の人と、ガードレールに突っ込んでいるシルバーのセダン車。そして、そのすぐそばに……。

「あ、あ、ああ……」

全身から血の気が引いて、身体が震えた。

「美雨？　大丈夫？」

そんな私の顔を心配そうにのぞき込む雨先輩は、驚くほど冷静だった。

「……っ、な、なんでっ」

「え？」

「なんで……。なんで、こんなことに……っ」

吐き気がした。今目の前で起きている出来事にも、事故の起きた現場を平然と見つめている雨先輩にも、ただ呆然と立ちすくんでいる自分にも。

どうして、こんなことになっているんだろう。どうして私が、こんな思いをしなきゃいけないんだろう。

「ほ、本当に、雨先輩は、未来が……」

未来が、見えるの？

「うん？」

声を詰まらせた私の言葉の続きを促すように、先輩は小さく首をかしげた。

「だ、だとしたら、今のは……猫は、本当は助けられたはずじゃ……。そもそも、どうして先輩はそんなに冷静でいられるんですか……？」

行き場のない思いはすべて、目の前に立つ雨先輩へとぶつけるしかなかった。

「ひ、轢かれちゃうってわかってたなら、私なんかに話してないで、すぐに助けに行けば、あの子は助かってたかもしれないのに……っ。お、驚かせて逃がすとか、雨先輩なら、なにかできたはずじゃないですか⁉」

たとえそれがただの綺麗事で、八つ当たりだとしても。言葉にして吐き出さないと、どうにかなってしまいそうだったのだ。

「美雨……」

「あ、あの子が轢かれてるのを見ても、そんなふうに冷静でいられるなんて、信じられない……っ。変ですよっ！　やっぱり、先輩はどうかしてるっ」

理不尽な非難なのかもしれない。ひどいことを言って先輩を傷つけてしまったかもしれない。それでもどうしても、口に出さずにはいられなかった。

実際、あの子を助ける時間があったかと問われれば難しかったかもしれない。だけど、それでももし、こうなる未来を雨先輩が知っていたのなら、今、冷たい道路の上に投げ出されているあの子のために、なにかできたんじゃないだろうか。

なにより、あの子の痛ましい姿を見て眉ひとつ動かさない先輩の神経を、私は疑わずにはいられなかった。

「……ごめん」

それはもう、何度目の謝罪の言葉だっただろう。怒りと悲しみ、後悔に震える私を前に、眉尻を下げた雨先輩は重い口を開いた。

「俺にとっては、珍しい光景じゃないんだ。子供の頃から、何度こういう不幸な場面に遭遇したかわからないから、変に慣れちゃってたみたいだ。今、美雨に言われて、初めて気がついた」

なにを言い出すかと思えば、予想外の言葉を口にした雨先輩に、返す言葉を失ってしまう。

「それと、未来を変えることはできないんだ」

「……え？」

「俺は、自分が見た未来を、自分の手で変えることはできない」

そう言い切ってから、雨先輩は自分の両手のひらをジッと見つめた。

「自分が見た未来を、自分の手で変えてしまうと、俺は未来を見る力を失うだけじゃなく……この世界から、消えるらしい」

『らしい』というのは、どういうことなのか。問うより先に、先輩が答えをくれる。

「実際、そういう人を間近で見たことがないから、それが本当か嘘かはわからないけど……」

冷たい風が、強く、強く、私の身体を後ろへ倒そうと吹きつけた。私は精いっぱい足の根を張って、まっすぐに雨先輩へ視線を向けると息を吐く。

「だから俺には……未来を、変えられない」

ゆっくりと顔を上げた雨先輩の目に、嘘は交じっていなかった。

……ねぇ、ユリ、ごめん。冗談なんかじゃなかったよ。悪い夢でもなかったし、くだらない嘘でもなかったみたい。

どうやら私は……本当に、一週間後に死ぬらしい。

来週の月曜日。私の未来は、なくなるらしい。

水曜日の告白

「……いってきます」

翌朝、玄関を出る直前で足を止め後ろを振り返ってみても、声は返ってこなかった。

看護師をしながら女手ひとつで私を育ててくれている母は、昨日の夜から夜勤に出ていて不在だ。

『いってらっしゃい』を、期待しているわけじゃない。音のない家の中、それでも毎朝『いってきます』と口にしてしまうのは、心が寂しさに押し潰されないようにするためだ。『寂しい』なんて、高校二年生にもなって口が裂けても言えないけれど。

なにより、そんなことを言ったらお母さんを困らせるだけだということも、私はよくわかっていた。

夜勤明けのお母さんが帰ってくるのは、朝の八時頃。それより前に家を出る私とは擦れ違いで、さらに今日は夕方四時からお母さんは準夜勤に出てしまうから、次に会えるのは明日の朝になる。

シューズボックスの上に置かれたカレンダーを見ながら、ぼんやりと考えた。

お母さんと、あと何回、顔を合わせることができるだろう。あと何時間……一緒にいられるんだろう。

私は玄関を出て扉に鍵をかけると、学校までの道のりをひとり、急いだ。

「美雨、おはよう！」

学校に着き、昇降口で上履きに履き替えていたら、後ろから肩を叩かれた。

振り返ると笑顔のユリが立っていて、今日はいつもよりも少しだけ念入りに上げられたまつげが、クルンとかわいらしく瞬く。

笑うと片方だけできるエクボは、ユリのチャームポイントだ。高い位置で結われた髪がサラサラと風に揺れて、今日の彼女はなんとなく、いつもよりもかわいく見えた。

「おはよう、ユリ。なんか今日、かわいいね？」

「えっ、そ、そんなことないよ！」

ひと足先に上履きに履き替えてユリを待っていれば、ユリはベージュのセーターの袖に隠れた手で口元を覆った。

その仕草を見ただけで、なにかあるな……と勘づいてしまうのは、女の勘しいうやつか、それともユリとの関係の深さのおかげか。どちらにせよ、どこからどう見ても、やっぱり今日のユリはなにかある。

「もしかして……颯《はやて》くん関係？」

「えっ⁉」

最初に頭に浮かんだ候補を口にすると、ユリはわかりやすく顔を赤らめた。

「な、なんでわかったの……？」

「えー。だって今日のユリ、本当にかわいいし。そもそも、ユリがメイクをがんばる時って、大抵、颯くん関係だし？」

ニヤリと笑いながら真っ赤なユリの顔をのぞき込むと、ユリは両手で自分の頬を覆った。

『颯くん』というのは、ユリが高校一年生の頃から片想いをしている隣のクラスの男の子だ。

バスケ部のキャプテンで、学級委員長も務めているクラスの人気者。文武両道、爽やかな外見、明るい性格……と、三拍子揃《そろ》えば女の子にモテないわけがない。

彼に片想いをしている女の子は数知れず、ユリもその中のひとりというわけだ。

「わ、私って、そんなにわかりやすいかなぁ」

両手を頬に添えたまま、ユリは焦《あせ》ったように声を漏らした。そんな姿がいじらしく、ユリの恋を全力で応援したくなる。

だけど颯くんには、同じバスケ部のマネージャーをしている、かわいらしい彼女がいるのだ。休み時間にふたりで楽しそうに話しているところを、よく見かける。傍《はた》から見ても本当にお似合いで、みんなの公認のカップルともいえるふたりだった。

ユリに限らず彼に想いを寄せている女の子たちは、全員揃って片想い。いつだって、颯くんの彼女だけが、彼の隣で幸せそうに笑っていた。

だから私は、颯くんに想いを寄せるユリの隣で、いつも不思議に思っていた。

……ユリは、つらくないんだろうか。

好きな人の隣には彼の好きな人がいて、ふたりは間違いなく両想い。そんな光景をただ遠くから眺めているだけで、どんなに願っても自分の恋は叶わない。それでも、いつだってユリはひたむきに彼を想い続けていた。

私は、そんなユリの恋が、悲しいものに思えて仕方がなかった。

叶わない恋。〝未来がない〟のに想い続けることに、意味があるのだろうか。

諦めきれず、ただ想い続けるだけなんて苦しいだけだ。

「あ、あのね、実はね……」

上履きを履いてから、数歩進んだところで、ユリが唐突に足を止めた。合わせて私も歩みを止めれば、ユリは視線を下に落として言葉を探している。

「昨日、美雨と話した後、ずっと考えてたの」

「うん？」

「ほら、もしも自分が一週間後に死ぬって言われたら、どうするかって話」

思いもよらない言葉に、一瞬、声を詰まらせた。

「あの時……私が言ったこと、美雨、覚えてる？」

固まる私の顔をのぞき込んだユリを見て、慌てて昨日の会話を頭の中で繋《つな》げて並べた。

けれど真っ先に浮かんできたのは、『美雨は、一週間後に死ぬ』と言った雨先輩の言葉だ。

『自分には未来は見えても、変えることはできない』とか。『自分の手で、自分が見た未来を変えてしまったら、自分は力を失って世界から消えてしまう』とか、なにもかもが絶望の雨に濡れた、無慈悲な言葉たち。

あの後、雨先輩は『俺になにかできることがあれば、いつでも言って』と、言っていたけれど、逆に私のほうこそ雨先輩に『なにができるんですか？』と、聞きたいくらいだった。

だって、雨先輩には私が死ぬ未来は変えられないんでしょ？　未来を変えたら雨先輩は力を失って、この世界から消えちゃうんだから。

そもそも、世界から消えるってどういうこと？　未来を変えたら雨先輩は、死んでしまうということなのだろうか。

「美雨？」

「……あ、ご、ごめん」

いつの間にか足元へと視線を落としていた私に、困惑に濡れたユリの声が落ちてきた。

慌てて顔を上げると、私を不思議そうに見ている彼女と目が合って、スカートの裾をキュッと掴んでから精いっぱいの笑みを顔に貼りつける。

「え、と。ユリが昨日言ってたことって、死ぬ前にやりたいことの話？」

「うん……その話」

ゆっくりとうなずいたユリは、一瞬視線をさまよわせてから、恥ずかしそうに笑った。その笑顔は儚《はかな》げなのにかわいくて、ほんのりと赤く染まる頬に、私までつられて照れそうになる。

「私ね、今日、颯くんに告白しようと思うの」

けれど、続いたユリの言葉に、思わず目を丸くして固まった。

「えっ!?　ちょ、ちょっと待って。告白って、ホントに？」

「うん。放課後、颯くんの部活が始まる前に……部室棟の裏に来てってお願いして、そこで告白しようと思う」

段々と小さくなる語尾に比例するように、ユリの肩は縮こまった。

部室棟はグラウンドの片隅にあり、運動部のみんなが部活の前後に集う場所だ。

私は返事に困って、戸惑うことしかできなかった。

だって、颯くんには彼女がいるんだよ？　無関係の私が見ても仲よしでお似合いなふたりだし、ユリもそれはわかってるんだよね？

「美雨が言いたいことも、ちゃんとわかってるよ」

「えっ」

私の考えは、多分、顔に出ていたんだと思う。固まる私を見たユリは、今度は困ったように小さく笑った。

「颯くんには付き合ってる彼女がいて、私が告白したところでどうせフラれて終わりだろうと思ってるんでしょ？」

図星をつかれて、返す言葉が見つからない。

「それでも、どうしても『好き』って伝えたいと思ったの。どうしても、自分の想いを今、伝えたいの」

ユリの気持ちと言葉は、いつだってまっすぐで、前向きだ。

だけど今の私にはまぶしすぎて、つい目を逸らしたくなった。

『どうして、そんなふうに前向きでいられるの？』なんて、そんなことは聞けない。聞いてしまったら今の自分を否定されそうで、聞く勇気がなかった。

「まぁ、告白しても意味ないんじゃないかとは、自分でも思うけどね？」

「え？」

「なーんちゃって。美雨、もう早く教室に行こう！」

言いながらユリは、私の手をギュッと掴んだ。温かい手は小さく震えていて、やっぱり胸を締めつける。

ねぇ、私はなんと答えたらよかったの？　私は、ユリのためになにができる？

今以上に傷つくための選択をあえて選んだ友達に、私ができることってなんだろう。

結局なにも言えないまま、私はユリと並んで教室に向かって歩き出した。

窓の向こうに見える空にはぽっかりと雲が浮かんでいて、まぶしい太陽を隠していた。


「それで、俺のところに来たの？」

昼休み、昨日と同じ時間に屋上へと走った私は、案の定、そこにいた人にひととおりの事情を話した。

彼はどうして毎日屋上にいるのか……尋ねるより先に雨先輩の黒髪が揺れて、そこからのぞいた黒目がちな瞳に捕まり、反射的に息を吞んだ。雨先輩に見つめられると、つい身体が勝手に身構えてしまう。

「……だって雨先輩、昨日『俺になにかできることがあれば、いつでも言って』って言ったじゃないですか」

　思わず唇をとがらせると、雨先輩が小さくうなった。

「んー。確かに言ったけど……でも、それはあくまで美雨に関する話で、美雨のためにできる限りのことをしたいって意味で言ったんだ」

　当然のことのように言い切る雨先輩を前に、思わず顔が熱を持つ。

「もちろん、美雨がどうしてもって言うなら協力するし、美雨のためになにかしたいと思ってる気持ちに嘘はないから、なるべく力になりたいけど」

　たとえそれが、罪悪感から来る使命感で生まれた言葉だとしても。こんなこと言われ慣れないから胸がくすぐったくて、照れくさい。

「あ、ありがとうございます。そう言ってもらえると心強いです」

　だけど素直にお礼を伝えたら、なぜかため息が返ってきた。

「でも……そもそも、その友達の未来を見て、勝手に恋の行方を知ろうとするのは、ただのお節介なんじゃない？」

「……え？」

「お節介というか、余計なお世話というか」

　続けてそんなことを言い放った雨先輩は、いつだって言葉をオブラートに包むということを知らない。おかげで甘い熱は一瞬で覚めて、こめかみがピクピクと痙攣《けいれん》する。

「人の未来を勝手にのぞき見るのは、気が進まない」

あなたが、それを言いますか!?　勝手に私の未来をのぞき見た、あなたが!!

思わず拳が震えたけれど、ジトッと恨めしげに自分を見る私の視線から、さすがの雨先輩も察したらしい。バツが悪そうに目を逸らしたかと思えば、今度は頭の上に浮かんだ真っ白な雲を静かに見上げた。

ゆっくりと、流れる雲。こうしている間にも一分、一秒と時は流れて、現在は未来へと移ろいでいく。

綺麗な雨先輩の横顔を太陽の光がなぞった瞬間、つい目を奪われそうになって、慌てて視線を手元へと落とした。

なんとなくだけど……雨先輩のこと、ほんの少しわかってきたような気がする。

基本的に、先輩の言葉はまっすぐで、嘘がない。思ったことをそのまま口にしてしまうせいで、変な誤解を生むタイプの人なのだろう。彼に、悪気はないのだ。

今だって、私がしようとしていることは雨先輩の言うとおり、ユリからすると有難迷惑なことだから、先輩は純粋に思ったことを口にしただけだった。先輩は、間違ってない。言葉をオブラートに包むとか、人との距離感だとか、そういうのを測るのが下手すぎて、なんともフォローが難しいけれど。

「……ただ、ユリのためになにかしたいと思ったんです」

雨先輩にバレないように、冷たくなった指先に力を込めた。

ユリが今日の放課後、颯くんに告白するという話を聞いてから、私なりに精いっぱい考えた。どうすれば、少しでもユリが傷つかずに済むだろうか……って。そしたら自然と足は屋上へと向かっていて、雨先輩の前に立ち『私の友達の未来を見てください』と口にしていた。

たとえ『余計なお世話だ』とユリに怒られたっていい。……嫌われたっていい。もしも本当に、私に残された時間があと一週間だというのなら。私はその間に、大切な親友が悲しむ姿を見たくないだけ。

「でも、その友達の未来を知ったからって、美雨になにができるの？」

黙り込んでしまった私に、雨先輩の柔らかな声が落ちてきた。言っていることは冷たいのに、諭すような声色で話すものだから、つい心がほだされる。

「……わかりません。でも、未来を知れたら、私にもなにかできるかもしれないと思ったんです」

去勢は張らず、正直に想いを伝えると、雨先輩は目を細めて黙り込んだ。

本当に無計画で雨先輩のところまで来た。それでも、ここに来れば、なにか私にもできることが見つかるんじゃないかと思ったのだ。

颯くんには彼女がいて、ユリの恋は叶わない。今の状況では九十九%、ユリは玉砕して終わるだろう。

好きな人に面と向かって『ごめん』と言われたら、つらくて悲しいに決まってる。

それでもユリは、好きな人に想いを伝えようとしている。

そんなユリのために、友達の私ができることってなんだろう。どんなことでもいいから、なにかユリのためにできることはないのか知りたかった。

「美雨は、一週間後に死ぬんだよ？　友達のことを考えるより先に、自分のことを考えたほうがいいんじゃない？」

ふわりと風が吹いて、私の肩に触れた髪を優しく揺らした。

同じように揺れる黒髪からのぞいた綺麗な双眸《そうぼう》が私を見ていて、心の中さえ見透かされてしまいそうで息が詰まる。

「それに、美雨はまだ少し勘違いしてるみたいだけど。例えば、俺がその友達の未来を見て、告白の結果を知れたとする。そしたらその未来は、なにをどうしたって必ず訪れる未来ってことだ」

「……え？」

唐突な、雨先輩の言葉に固まった。

そうすれば、どこか寂しそうに笑った雨先輩は、「じゃあ、美雨の話に置き換えようか」と、丁寧に声を紡《つむ》いでいく。

「美雨の一週間後……今からだと、五日後の未来に起こる出来事は、どんなに避けようと思っても、必ず起きてしまう〝確定した未来〟だ」

「…………」

ただ黙って、私は眉根を寄せながら先輩の話に耳を傾けた。

「来週の月曜日、美雨が家の中に引きこもることで、なんとかして最悪の未来を避けようとするだろ？　だけど、そうやって無理やり避けようとしても、最悪の未来を起こすために美雨を家の外に引きずり出す〝なにか〟が起きる。美雨が制服を着て家の外に出て、雨の中、最悪の未来が起こる場所に行かなきゃいけない〝なにか〟が」

「……っ」

背筋がゾッとした。

今、この瞬間でさえ、私は心のどこかで、自分が一週間後に死ぬのだということを信じきれずにいた。雨先輩の話が全部嘘だとか、もしかしたら未来予測が外れるかもとか、そもそも悪い夢でも見てるのかも……とか。

天気予報が当てられなかったにわか雨を当てたことも、猫が車に轢かれてしまったことも本当はただの偶然だったんじゃないかなんて、心の片隅で思っていた。

それに、たった今雨先輩が言ったとおり、もしその時が来たら、制服を着ないで一日中家の中に閉じこもっていれば、最悪の未来は起こらずに済むんじゃないかとさえ考えていたのだ。

だって、制服は私が袖を通さなければ着られるはずもないし、雨の中を走るなんて自分の意思でなければできないこと。だけど、そのわずかな希望がたった今、一蹴《いっしゅう》されてしまった。

未来を、変えることはできない。それは文字どおり、雨先輩だけではなく、私にも言えることなのだ、と暗に言われたようなもの。

「美雨、ごめん。大丈夫？」

呆然と立ちすくむしかない私の顔を、雨先輩はやっぱり心配そうにのぞき込んだ。

大丈夫なわけないでしょ、この無神経!!　……とは、唇が震えているせいで、口にすることはできなかった。

今日も、空は青い。今の私には、まぶしすぎるくらいに青く澄み渡っていて、なんだかとても苦しくなった。

そっと、鉄の柵を掴んでいた手の力を緩めて、視線を上げる。

目の前に広がる、まっさらなグラウンド。その上でサッカーや野球をやっている生徒たちに、風に揺れる木々や花壇の草花。それから、教室の匂い、大嫌いな数学の授業、通い慣れた通学路、履き慣れたローファー……。そんな当たり前の光景が、あと一週間後には目にできなくなると思ったら、なぜだかすべてが輝いて見えた。

今目の前にあるすべてが特別なものに思えて、手放すのが惜しくてたまらない。

ああ……私、なんだかんだ、毎日楽しかったんだな。意外と、幸せだったんだ。自分が死ぬということを知ってから、そのことに気がつくなんて、バカみたい。もっと早く気づいていたら、そのすべてを大切にできたのに。かけがえのない時間を、ずっと大切に過ごすことができたかもしれない。

……自分の未来を、もっと大切にできたかもしれないのに。

再び強く手すりを握って、深く息を吸った。ゆっくりと顔を上げて、空を眺める。視線を横に滑らせると、相変わらず心配そうに私を見ている雨先輩と目が合って、胸が痛んだ。

「……美雨」

そんな顔で私を見るくらいなら、最初から私の未来なんて見なければよかったのに。関わらなければよかったのに。

きっと雨先輩は、不器用だけど、優しい人なのだろう。未来のない私の未来を見てしまって、そんな私を放っておけずにここにいる。無関係な私のために、なにかできることはないかと考えてくれているのだから、ある意味、お人好しなのかもしれない。

「本当は……こんなことになるなら、未来なんて知りたくなかったです」

苦笑いをこぼしながらもあっけらかんと言えば、雨先輩の顔がつらそうに歪《ゆが》んだ。

「ごめん、俺……」

「でも、知れてよかったとも思ってます」

「え？」

「だって、未来を知れたおかげで、私は残りの一週間を大切にできるから。雨先輩のおかげです。先輩が未来を教えてくれたから、私は残された毎日を悔いのないように必死に生きられる……かもしれません」

えへへ、と小さく笑うと、少しだけ心が軽くなった。

足元を風が駆け抜けて、スカートの裾をふわりと揺らす。

これからのたった一週間で、私になにができるかなんてわからないけれど……。

「とりあえず、今は残された毎日を大切にしたいと思ってます」

「毎日を大切に……か」

「はい」

手すりに腕を乗せながら隣の雨先輩を仰ぎ見ると、先輩はそっと目を細めて優しく笑った。

初めて見る先輩の穏やかな笑顔に鼓動が跳ねて、顔が必然的に熱を持つ。急に照れくさくなった私は慌てて先輩から目を逸らすと、再び静かに空を見上げた。

私は今から億万長者にはなれないし、テストで一番をとることもできない。超イケメンの彼氏ができるわけもないし、一週間、学校をさぼって遊び続けるのは……なにか、違う気もする。

「きっと一週間でできることなんて限られているから……私は今までどおり、普通に過ごして普通の幸せを噛みしめます。自分の大切な人たちと、今までどおり、普通に過ごしたい……」

一週間というわずかな時間は、自分のためだけに使ったほうが悔いは残らないのかもしれない。でも、大好きな友達や家族……みんなとの時間もわずかしかないのなら、私はその時間を大事にしたい。

「だから私は、できることならこの一週間、大切な人が悲しむ姿を見たくないんです」

強く拳を握って、精いっぱい前を向いた。

さっきまでまぶしすぎると感じていた空には、私たちを見守るように太陽が輝いていて、その力強さに笑みがこぼれる。

「大切な人に、笑っていてほしいんです」

私がそう言えば、どうしてか雨先輩は、今にも泣き出しそうな顔をして、うつむいた。

遠くで、お昼休みの終わりを告げるチャイムの音がする。

あと、五日。私に残された、わずかな時間。かけがえのないその日々に、私はこれからなにを残すことができるだろう。

考えてもたどり着かない答えばかりで嫌になるけど、涙よりも笑顔の多い時間であってほしいと強く思った。


「ねぇ、美雨、急にどうしたの!?」

放課後、颯くんとの待ち合わせ場所に向かおうとしたユリを捕まえて、私は部室棟近くの水飲み場に向かった。

「とにかく、ついてきてほしいの」

私は、困惑するユリを半ば無理やり、雨先輩との待ち合わせ場所へと連れていこうとしている。途中、『おい、美雨、なにやってんだよ!』なんて、幼馴染《おさななじみ》に声をかけられたけど、それに答えている余裕もなかった。

「美雨、私これから颯くんのところに行かなきゃいけないんだけど……って、あ、雨先輩!?」

突然立ち止まった私に合わせて足を止めたユリは、視線の先にいた先輩を見つけて、驚きの声を上げた。

「……初めまして」

反対に、雨先輩は冷静に挨拶をすると、パーカーのポケットに入れていた手を出した。

少し離れた部室棟からは、これから部活に向かおうとする生徒たちの賑々《にぎにぎ》しい声が聞こえる。

銀杏《いちょう》の木が立ち並ぶこの場所は人気《ひとけ》がなくて、私とユリ、そして雨先輩だけが、足元に広がる木々の影を踏んでいた。

「ごめん、ユリ……急に、こんなところに連れてきて。でも、どうしても先に、雨先輩に会ってほしかったの」

先輩を前にしてあからさまに固まっているユリは、私の言葉に困惑したように瞳を揺らした。

それは、そうだろう。そもそも、私と雨先輩が関わりを持っていることすらユリは知らなかったのだ。その上ユリは、『雨先輩とは関わらないほうがいい』と私に忠告したくらいだから、先輩に対してよい印象は持っていない。

もちろん、その忠告を受けた時にはすでに関わってしまっていたから、どうしようもなかったのだけれど。

「美雨……？　ねぇ、先に雨先輩に会ってほしかったって、どうして――」

「あ、あのね！　実は、雨先輩って占いがすごく得意なの!!」

ユリの言葉を遮って彼女の正面に回り、慌てて顔に笑顔を貼りつけた。口にしたのは、昼休みから放課後までのわずかな時間で必死に考えた言い訳だ。

背後に立つ雨先輩の視線を痛いほど感じるけれど、今は先輩のことまで気遣っている余裕はない。

「占い……？」

「う、うん。ちょっと前に、偶然、私も雨先輩に占ってもらう機会があって……。それで、その占いがよく当たってたからユリにもどうかな、と思って！」

我ながら、無謀な設定だと頭が痛くなった。だけどもう、これ以外にユリを納得させる方法が見つからなかったのだ。

そもそもユリに嘘をつくのは心苦しいけれど、仕方がない。『未来が見える』なんて、そんなの言ったところで信じてもらえるわけもないのだから。もちろん今の話だって、信じてもらえるかどうかは、わからないけれど……。

「きみ」

「え？」

その時、唐突に、雨先輩がユリを呼んだ。

弾かれたように振り向くと、先輩はまっすぐにユリのことを見つめている。

「きみは、今から好きな人に、告白しに行くつもり？」

「え……っ」

言い当てられて、ユリがあからさまに肩を強張らせた。

「ずっと好きだったけど、その人には彼女がいて……それでも諦められないくらい、きみは彼のことが好き」

突然、なにを言い出すかと思えば、雨先輩はなんのこともない。昼休みに私が話したことをユリ本人へと伝えた。まるで、自分が今、占ったみたいに。

「当たってる？」

「……っ！」

雨先輩の言葉に目を見開いたユリが、今度は弾かれたように私を見た。

「美雨……雨先輩に、言ったの？」

「い、言ってないよ!!」

咄嗟《とっさ》にまた嘘をついてしまった。慌てて両手を前に突き出せば、ユリはやっぱり困惑しながら先輩へと視線を戻す。

ごめん、ユリ……。でも今は、これしか方法がないの。

胸に押し寄せる、罪悪感の波。けれど今さら、嘘を覆すわけにもいかない。雨先輩だって、私の幼稚な嘘に付き合ってくれるみたいだし、今さら私が『嘘でした』なんて言えるはずがない。

「だ、だからね。雨先輩の占いは、本当によく当たるんだよ！」

なにかを考えるように、ユリはしばらく黙り込んでいた。

緊張でドクドクと私の心臓が高鳴って、うるさい。

信じて、もらえただろうか。

不安に思っていると、ユリは不意に視線をさまよわせ、今度は恐る恐るといったように口を開いた。

「私……雨先輩と話したこともないのに……。先輩は美雨の言うとおり、本当に占いができるんですか？」

「……うん」

不本意そうに答えた雨先輩。私と同じで、罪悪感を感じているのだろう。

「占いで、相手に彼女がいるとか、そんなことまでわかるんですか？　そもそも、どうやって私のことを占ったんですか？」

「それは、人相占いってやつだよ」

「に、人相？」

ユリが驚いて目を丸くする。

「うん。人の顔を見て、その人自身のことを〝視る〟占い」

迷わず答えた雨先輩に、思わず私まで目を丸くした。

雨先輩って、こんなふうに人に合わせることもできるんだ……。てっきり、空気の読めない人なのかと思ってた。

「嘘……」

「嘘じゃないよ。現に、今言ったこと、当たってたんじゃない？」

雨先輩の言葉に、困惑しながらもユリは小さくうなずいてみせる。

その仕草を確認しながら雨先輩へと目をやると、先輩は曖昧な笑みを浮かべて彼女を見ていた。

ごめんなさい、雨先輩。話を合わせてくれてありがとうございます。だけど、嘘をつくのがうますぎる気もするんですが……。

「……見えた、よ」

新たに発見した雨先輩の違う一面に思わず感心していたら、先輩が唐突にそう言った。

「えっ!?」

「今話した、きみの恋の行方。見えた」

言葉のとおり、雨先輩はいつの間にかユリの未来を見終えてしまったらしい。

まっすぐ向けた視線の先には、驚いて目を丸くしているユリと、黄金色に輝く銀杏の木。あまりに性急すぎる先輩に嫌な予感がして、私の背中には冷や汗が伝った。

「こ、恋の行方が見えたって、あの……」

　ユリも戸惑いながら、彼の言葉の続きを待っている。

「うん。きみの予想どおり、叶わない」

「え……」

「あ、雨先輩……!?」

　咄嗟に声を上げたけれど、もう後の祭りだった。

「『ごめん、俺、大切な彼女がいるから』。そう言って、きみは彼にフラれる」

　表情ひとつ変えることなく言い切った先輩の目には、迷いがない。

　足元に広がる影が大きく揺れて、力を失くした葉が雨のように降ってきた。

「……っ」

　残酷な宣告のせいで、ユリの目に涙がにじむ。

　雨先輩は黄金色に輝く銀杏の木をバックに、背筋を凛と伸ばしてユリを見ていた。

「それが、きみの未来だよ」

　なによ、それ、それ……。

　グッと握った拳に怒りがこもって指先が震えた。

　どうして雨先輩は、勝手にそんなことを言うの。私が求めていたのはそういうことじゃない。ユリを悲しませないためになにができるか、それを考えるためにユリの未来を見てほしいとお願いしただけで、ユリに直接未来を伝えてほしいなんてひとことも言っていないのに！

「雨先輩、なんで……っ!!」

「いいの、美雨。わかってたことだから」

感情のまま雨先輩に詰め寄ると、温かい手に腕を引かれて身体が止まった。

振り返れば、目にいっぱいの涙を溜めたユリの姿が飛び込んできて、心がきしむ。

「……ユリ？」

「私は大丈夫。全部、ちゃんとわかってたことだから。雨先輩の言うとおり、予想してたことだから……大丈夫」

声が震えている。段々と小さくなった語尾にも涙がにじんでいて、どうしようもないくらいに胸が締めつけられた。

『お節介というか、余計なお世話というか』

雨先輩に言われた言葉が脳裏をよぎる。

私は結局、ユリのことを泣かせてしまった……。

「雨先輩に占ってもらわなくても、わかってたことなの」

だけど、自分に言い聞かせるように言ったユリの肩は震えているのに、涙はまぶたの線を越えなかった。

逆にそれが切なくて、苦しくて、私が代わりに泣きたくなる。

「全部……告白の結果も含めて、最初からわかってたことなんだよ」

うつむいて、涙の代わりに言葉をこぼすユリに、なんと声をかけたらいいのかわからない。

「フラれるって、最初からわかってたの……わかってたから」

わかってた、と繰り返すユリの声が痛々しくて、悲しい。

私は、こんな姿が見たくて雨先輩のところにユリを連れてきたわけじゃなかった。

雨先輩にユリの未来を見てもらって、そうすることで私になにかできることはないか、知りたかっただけだった。今さらなにを言っても遅いけれど、大好きなユリに、笑っていてほしかっただけなんだよ。

それなのに、私はユリを傷つけてしまった。大切なユリのことを悲しませたくなかったのに、私が、彼女を……。

「ごめん、ユリ……」

雨先輩の言うとおり、私がしたことはただのお節介だった。余計な、お世話だった。

「美雨……？」

声を震わせた私を不思議に思ったのか、うつむいた私の顔をユリが心配そうにのぞき込む。

「私、ユリのために、なにかしたかっただけなの……」

「え？」

「雨先輩にユリの未来を……う、占ってもらったら、ユリのために私にもなにかできることがあるんじゃないかって思って、それで……」

なんとか自分の想いをユリに伝えたかったけれど、今さらなにを言っても遅いのだ。

「美雨……」

「傷つけるつもりなんてなかった……っ。笑っていてほしかった……。本当に、ただそれだけだったの……っ」

結局、私がしたのは、ただの自己満足だった。だって私がユリの未来を知ったところで、なにができただろう。まさか『フラれるから、告白するのはやめたほうがいい』とでも伝えるつもりだった？　それこそ余計なお世話じゃない。

初めから、私にできることなんてなにもなかった。

そもそも私はユリのためになにかしたいと言いながら、自分のために動いただけだった。残された時間の中で、大切な人に悲しんでほしくないという、私の勝手な自己都合。ユリは最初から、私になにかしてほしいなんて、これっぽっちも望んでいなかった。

「……ありがとう、美雨」

顔を上げることができなくなってしまった私のつむじに、ユリの優しい声が落ちてきた。

「え……」

反射的にユリを見ると、彼女は微笑んでいて、思わずゴクリと息を呑む。

足元に散らばる銀杏の葉が舞い、風に踊った。胸の奥がざわめいて、ユリの言葉の続きを聞くのが怖い。

「私ね、美雨と話してから考えたの」

その言葉に続くのは、きっと昨日のこと。

『ねぇ、もしも、自分が一週間後に死ぬって言われたら、どうする？』

そんな空想に、ふたりで膝を突き合わせた時のことだ。

「家に帰ってから……もし私があと一週間で死んじゃうとしたら、一番なにがしたいのかって考えたんだ」

コテンと首をかしげたユリが、視線だけで空を仰ぐ。

「やりたいことはけっこうあったけど……。じゃあ、その中で私が一番やりたくないことはなにかなって考えてみたの」

「やりたいことの中で、一番やりたくないこと……？」

ユリの真意が見えなくて、思わず眉根を寄せてしまった。

確か昨日、ユリは『死ぬ前に、やりたいこと全部やっちゃいたい』と言っていた。

そうしないと悔いが残りそうだから、と。だけど、そこからどうして、その中でも一番やりたくないことの話になるのだろう。優先順位が低いものなら、死ぬ前にわざわざする必要もなさそうなのに。

「私ってさ、昔から逃げ癖があるんだよね。嫌だなぁって思うことには言い訳を見つけて、逃げるの。自分が傷つくのは怖いし、つらいから……って。そうやって現実から目を背けてきたこと、今までたくさんあったんだ」

自嘲気味に笑ったユリは、足元に溜まっていた黄金色の葉たちを静かに蹴った。

ユリはいつだって、ひたむきに好きな人を見つめている。たとえそれが叶わぬ恋だとしても、まっすぐに好きな人を想い続ける彼女は、とても強い子だと思っていた。

だから、逃げ癖があるという告白は意外だった。高校一年生の時からユリとは友達だけれど、そんなのまるで気づかなかった。

「おかげで私ね、言い訳するのがうまいんだ。もっともらしい逃げ道を見つけるの、すごく上手なの」

強がってイタズラに笑うユリだけど、目は涙のせいで赤くなっている。

「颯くんのことも、そう。好きだけど、颯くんには彼女がいるから、踏み込むとつらいだけだし、私はただ遠くで見てるだけでいいや……って、自分に言い聞かせてた」

「……うん」

うなずくと涙がこぼれそうになって、私は必死にまばたきを繰り返した。

「だけど、見てるだけなのも結局つらいから、彼を一途に想ってる自分って健気だなぁ、すごいなぁ、乙女だなぁ、って、自分で自分を褒めてたの。颯くんに片想いしてる子は私だけじゃないし、見てるだけの子は私以外にもたくさんいるから大丈夫……って、自分を守りながら、逃げ道ばっかり作ってた」

えへへ、と再び自嘲気味に笑ったユリは、静かに部室棟を眺めた。

「……でもね。もしも自分がもうすぐ死ぬかもしれないって考えた時に、そうやって逃げてばかりいたら、絶対に後悔すると思ったの」

ふわり、と再び風が吹いて、彼女の長い髪を揺らした。

同時に、銀杏の葉がまるで空を泳ぐように舞い上がる。

「弱虫な自分のまま死ぬのは嫌」

散って、落ちて、枯れゆく葉。だけどそれは、ただ散っていく葉ではない。力の限り、命を燃やして散ったのだ。

限られた自分の時間を精いっぱい生きたと、その一枚一枚が、強く私に語りかけている。

「結局、やりたいことの中で、一番やりたくないことが、本当は私の一番やりたいことだったんだよね」

「ユリ……」

「たとえ希望がなくても……その先に未来がなくても、私は前に進みたかった。弱虫な自分から、いつか変わりたいと思ってた。でも、その〝いつか〟は、いつまで待っても来ないから、自分から迎えに行くことにしたの」

銀杏の葉が一枚、ユリの髪に触れて止まった。黄金色に輝くそれはとても美しくて、負けないくらいに綺麗な笑みを浮かべた彼女は、輝いていた。

「今から私、颯くんに告白してくるね」

「わかった……っ」

今度こそ力強くうなずいた私は、グッと唇を引き結んだ。

「立派に玉砕してくるから、美雨はここで待ってて！」

私に背を向け、部室棟に向かって足を踏み出す彼女の背中を、まぶしく思いながら追いかける。

ユリは弱虫なんかじゃない。強くて優しい、私の自慢の親友だ。

「え……？」

けれど、部室棟へ向かう途中、一瞬足を止めた彼女が振り返った。

思わず声を漏らして目を見開くと、どこか照れくさそうに笑ったユリが私を見て、高々と右手を上げる。

「ねぇ、美雨!!　私は、美雨がそばにいてくれるだけで心強いよ！　フラれても、美雨が私と一緒に悲しんで、泣いてくれるってわかってるからがんばれるの!!」

「ユリ……」

「美雨、大好きっ！　今日は、この後〝失恋やけ食い〟に付き合ってよね！」

ユリの言葉に、予告なく涙のしずくが私の頬を伝ってこぼれ落ちた。

大きく手を振り、再び駆け出したユリの背中に、何度も何度も心の中で『がんばれ！』とエールを送る。

「……大丈夫だよ」

ユリの背中が見えなくなった頃、不意にぬくもりが髪に触れた。

「え……？」

弾かれたように顔を上げると、そこには、涙を流す私を優しく見下ろす雨先輩の瞳があって、息を呑む。

「あの子、今みたいに、晴れた笑顔で笑ってたから。そして彼にフラれた後、彼女は彼に満面の笑みを浮かべて言うんだ。『ありがとう。私は、彼女を一途に想うあなたが好きでした』って」

真っ黒な瞳に映るのは、私と黄金色に染まった世界だけ。あまりの美しさに目を奪われると、まるで時間が止まったような錯覚に陥った。

「大丈夫。彼女は、笑顔で美雨のところに戻ってくるよ」

優しい声に呼び戻された瞬間、温かな涙が頬を伝ってこぼれ落ちた。

「だけど……できれば、なんだけど」

けれど、唐突に難しい顔をした雨先輩は、今度は言いにくそうに口を開いた。

「え？」

「たとえ美雨のためでも、嘘をついて他人を騙すのは心が痛むから、これっきりにしてくれると嬉しい」

困ったような笑みを見せる雨先輩がおかしくて、思わず笑った。

やっぱり先輩は、私が感じたとおり……不器用だけど、優しい人なのだ。

「すみません、気をつけます。でも、ありがとうございました」

素直にお礼を口にすると、先輩は耳をほんのりと赤く染めて、私から目を逸らした。

視線の先には、銀杏と同じく黄金色に輝く太陽が浮かんでいる。

きっと、明日も晴れるだろう。

くすぐったい気持ちを抱えた私たちは、しばらく、澄んだ空を眺めていた。

木曜日の笑顔

「おい、美雨！　お前、昨日、俺のこと無視したろ」

木曜日の朝、昇降口で声をかけられて振り向くと、幼馴染の〝カズくん〟――青木《あおき》和弘《かずひろ》が、顔に不機嫌を貼りつけて私を見ていた。

カズくんは、私のひとつ年上の高校三年生。学年は違えど、家が隣近所の幼馴染だ。数年前にカズくんが、私の住んでいるアパートから歩いて五分ほどの一戸建てに引っ越してしまってからは交流も減ってしまったけれど、顔を合わせれば軽口を叩き合うほどには仲がよかった。

「昨日って……？」

「お前、なんか友達と部室棟のほうに走ってってたろ」

そういえば昨日、カズくんに声をかけられたんだった。あの時はそれどころじゃなくて、返事をする余裕もなかった。

「ああ。ちょっと急いでたから、それどころじゃなかったの」

悪びれもせず正直に伝えれば、「お前って、本当に失礼なヤツだよな」と、眉根を寄せてにらまれる。

「うるさいなぁ」なんて返事をして足を止め、カズくんが追いつくのを待っていると、隣に並ぶついでに肘で脇腹を小突かれた。

「イタッ。やめてよ、昨日ケーキ食べすぎて、絶賛胃もたれ中なんだから」

「お前、ケーキ屋に行くために急いでて、俺のこと無視したのかよ」

「うーん。違うけど、違わないかも」

曖昧な返事をすると、頭ひとつ高い位置から見下される。同時に、柔らかに細められた目と目が合って、なんだかとても懐かしい気持ちになった。

昔からカズくんとは、こんなふうにくだらない言い争いをよくしたなぁ……。小さい頃、兄弟がいなくて寂しいと思った時期もあったけど、そういう時は必ずカズくんがお兄ちゃん代わりをしてくれた。

「どっちにしろ、お前は俺よりケーキだろ。お前って、ホント昔からかわいげのないヤツだよな」

真っ白な歯を見せて、カズくんが笑った。

こんがりと焼けた肌に、元野球部らしく短く切り揃えられた黒髪。カズくんからはいつも、優しい太陽の香りがする。

小さい頃から野球が好きだったカズくんには、ずっと大切にしていた夢があった。

『俺、将来は学校の先生になって、自分の生徒に野球を教えるんだ！』

同世代の男の子たちが『野球選手になる』『サッカー選手になる』と壮大な夢を口にする中で、やけに現実的で子供らしからぬ夢を抱いていたカズくん。初めて聞いた時は、『もっと楽しい夢にしたらいいのに』なんて、生意気なことを思ったのを覚えている。

けれど月日が経つに連れ、楽しい夢は楽しさだけが消えて、ただの夢になった。『野球選手になる』『サッカー選手になる』と言っていた男の子たちは、今では『とりあえずいい大学に入らないと』と、日々勉強に追われていた。

だけど、周りが現実という壁に突き当たり挫折していく中で、カズくんだけは一途に自分の夢を追いかけていた。そして、今年の夏に野球部は引退してしまったけれど、最後の夏にはエースピッチャーとしてマウンドに立ち、部長としても野球部の皆を引っぱり続けた。

部活だけでなく、学業にも励んでいたカズくんは、テストだっていつも上位常連者。ついでに、学級委員長なんかも務めている、絵に描いたような優等生。

昔から誰もが認める努力家は、私とは到底似ても似つかない、とてもまぶしい幼馴染だった。

「どうせ私は、昔からかわいくないですよ」

つい唇をとがらせながらつぶやくと、カズくんは今度こそ堪えかねたように噴き出した。

「別にかわいくないとは言ってないだろ、かわいげのないヤツだって言ったんだよ俺は」

「似たようなもんでしょ」

「まぁ、似たようなもんだけど、似てないような気もしないでもない」

完全にからかい口調になったカズくんを前に、先ほどのお返しの意味も込めてカズくんの脇腹を肘で小突いた。

その拍子に、カズくんの背負ったリュックにぶら下がっている【合格祈願】と書かれたお守りが、視界の端で小さく揺れる。

高校三年生のカズくんは受験生で、きっと今は勉強で忙しい時期だろう。以前、進学についての話を聞いた時には、頭の痛くなるような有名大学を受験すると言っていたからなおさらだ。

「……カズくん、受験勉強、大変?」

「なんだよ、急に」

「いや……そういえば、カズくんって受験生だったなぁと思って」

やけにしんみりとした口調で言うと、「今さらかよ」と笑われた。

カズくんは努力家だけど、昔から、その努力を人に見せない人だった。人知れずコツコツと努力を重ねて結果を出すという、皆のお手本みたいな人なのだ。そのくせ、努力の成果を鼻にかけない謙虚さも持ち合わせているのだから、本当に非の打ち所がない。

「まぁ、受験勉強は、ぼちぼちかな。周りもがんばってるし、皆とあんまり変わらないよ」

「……言うと思った」

思わずため息をつくと、カズくんは「じゃあ聞くなよ」と、柔らかに笑った。

本当に、どこまでもまっすぐな人。希望に満ち溢れた未来――明るい未来に向かって、まっすぐに歩んでいる人だ。

「あ、そういえばさ」

世間話をしながら階段をのぼり、二年生の教室のある階と、三年生の教室のある上の階とで別れる踊り場に差しかかったところで、カズくんが足を止めた。

つられて立ち止まると、開かれた窓から冷たい風が迷い込んできて、私の髪をふわりと揺らす。

「お前、進路表、まだ出してないんだって？」

「え？」

冷たい頬を髪が撫でて、慌てて片手でそれを押さえる。

「月曜日の昼休みに、お前が職員室で説教されてたって、野球部のヤツが言ってたからさ」

唐突な話題に、思わず唇を引き結んだ。まさか、このタイミングでその話が出てくるとは……というより、カズくんに知られているとは思わなかったから。

「お前、昔は将来の夢、俺に偉そうに言ってたじゃん。それ、もう、やめちゃったわけ？」

至極、当たり前のことのように尋ねられて、思わず逃げるように視線を足元へと落としてしまった。

将来の夢。確かに、そんな話をしていた頃もあったけど、それは私がまだ、現実というものを知らない子供だった頃の話だ。

『カズくん、私ね！　将来は、私――』

遠い日の自分が、満面の笑みを浮かべながら叫んでいる。まだ見ぬ未来を思い浮かべて、楽しそうに笑っている。

「美雨？」

「……っ」

だけど私は、急いでそれを頭の中で打ち消すと、声を砕くように奥歯を強く噛みしめた。

……ダメだよ、もう考えるのはやめようって決めたのに。

私も子供の頃は、自分なりの夢を抱いていた。その時は、夢は願えば叶うものだと信じていたけれど、ある日、夢を実現するのは容易なことではないと気づいてしまった。

夢を叶えるためには、必要なものがたくさんある。やらなきゃいけないことが、山ほどある。乗り越えていかなきゃいけないものの高さにおののいて、足がすくんでしまったのだ。

だから結局、私もカズくんの同級生たちと同じ。現実という壁に突き当たり、握りしめていた夢を、手放した。

「みーう？」

コテン、と首をかしげたカズくんが、不思議そうに私の顔をのぞき込む。

「……私の話は、いいよ」

「え？」

「そもそも……もう今となったら、進路の話すら意味のないことだし」

私は、からっぽの拳を解いて、ゆっくりと顔を上げた。

窓から差し込む太陽の陽が、足元に光の水たまりを作る。

私の手の中にはなにもない。今の私には、夢も希望も未来も……なにもないから。

「心配してくれて、ありがとう。でも、ホントに、もういいの」

笑顔を見せると、カズくんはいぶかしげに眉根を寄せた。

カズくんのことだから、私が悩んでいるなら話を聞こうと思ってくれたのかもしれない。それをあっさりと突っぱねて……なんだか少し、申し訳なくなった。

だけど、ごめんね、カズくん。まさか、こんな嘘みたいなこと言えないんだけど、本当に、私にはもう進路とか夢とか、まるで意味のないことなんだ。

だって、私、もうすぐ死ぬみたい。来週の月曜日に、死ぬんだって。今日が木曜日だから、あと四日。あと四日後にはこの世界にいないから、進路とか、考えても無駄なの。

「美雨、お前……ホントに、なんかあったのか？　進路の話が意味のないことだって、いったいどういう……あ！」

その時、ふわり、と冷たい風が吹いた。

言葉を止めたカズくんに促されるように視線の行方をたどれば、下の階から今まさに階段をのぼってきている人の姿が目に飛び込んできて息を呑む。

今日もシャツの上に紺色のパーカーを羽織り、どこか非現実的な空気を漂わせている雨先輩だ。耳には大きなヘッドホン。コードの先は制服のズボンのポケットの中に、彼の両手と共にしまわれていた。

不意に、階段の踊り場で足を止めている私たちに気がついた雨先輩が、導かれるように足を止めて顔を上げた。

まるで、スローモーションのように視線と視線が交差する。

そうして、その目は私から、隣に立つカズくんへと移されて、三人が時を忘れたようにその場所に留まった。

一瞬、辺りを静寂が包み込む。深い、海の底に沈んだような感覚。

まっすぐにカズくんの目を見つめる雨先輩の視線に今までのことが蘇《よみがえ》り、途端に心臓が騒ぎ出した。

ああ、この感覚は、もう何度目だろう。なにもかもを見透かされてしまうような、雨先輩の真っ黒な瞳。静けさに包まれた空気と、時を忘れたような感覚。まさか、雨先輩……カズくんの未来をのぞき見ようとしてるんじゃ？　昨日のユリの時と同じように、突然カズくんの未来を話し出すつもりじゃ……。

「あ、雨せんぱ――」

「雨宮、おはよう！」

けれど、私が声をかけるより先に、カズくんが雨先輩へと声を投げた。

慌てて隣に視線を移せば、カズくんは笑顔で片手を挙げて雨先輩のことを見ている。

「カ、カズくん、雨先輩と知り合いなの？」

「え？　知り合いっていうか、同じクラスだし」

思いもよらない言葉に、目を丸くした。

言われてみれば、ふたりは同級生なのだから知り合いでもおかしくない。だけど、まさかカズくんと雨先輩が同じクラスだなんて思わなかった。

だって、カズくんと雨先輩って、まるで違う世界の住人な気がするし……。例えるなら、太陽と雨みたいな。なんだかもう、そのままだけど。

「あ、もしかしてヘッドホンのせいで俺の声、聞こえてないか？」

カズくんの言葉を合図に、止まっていた雨先輩の足が動き出す。

その背中を押すように、開け放たれた窓から再び太陽の光が差し込んだ。

光の水たまりを踏みしめるように、一歩、また一歩、リノリウムの床を擦る足音だけが響いて、私はまばたきも忘れて先輩の姿を追いかけていた。

「……おはよ」

「なんだよ、聞こえてたのかよ！」

立ちすくんでいるうちに私たちの距離はなくなって、擦れ違いざま、ため息を吐き出すような声で挨拶をした雨先輩は、踊り場で足を止めることなく上の階へと消えていった。

その姿を視界に捉えながら、私は固まったまま、声を出すのも忘れていた。

……本当に、不思議な人だ。神秘の塊みたいな人。

ぼんやりと、消えていった雨先輩の残像を追いかけていると、一日の始まりを告げる予鈴の音が響き渡った。

「……あ、やべ」

一瞬だけ焦ったような表情を見せたカズくんは、「じゃあ、行くな。さっきの話は、また今度」と言葉を置いて、すでに見えなくなった雨先輩の後に続くように階段をのぼっていく。

『また今度』

それは、本当に叶うのかどうかもわからない約束だ。

もしかしたら、今のがカズくんとの最後の会話かもしれないと思ったら、喉の奥が締めつけられたように痛んで、指先が痺れた。

今日も、空には澄み渡るような青が広がっている。

対照的なふたりの背中を思い浮かべながら、私ものろのろと、通い慣れた教室に向かって歩き出した。

「朝、私のことを無視しましたよね」

昼休み、屋上で空を眺めていた背中に声をかければ、ゆっくりと振り向いた彼は不思議そうに首をかしげた。

相変わらず、屋上が好きらしい。ここに来れば会えるだろうと思ってきて、こんなにも簡単に会えるんだから、この人は一日中屋上にいるのではないかとさえ思う。

隣に並んでチラリと視線を横に滑らせると、きょとんとした顔で私を見る雨先輩と目が合った。

「無視なんてしてない。『おはよう』って、挨拶しただろ」

「それ、カズくんにだけですよね？」

「カズくん？　ああ、朝、美雨と一緒にいた、同じクラスの……。違うよ。俺は、美雨にだけ言ったつもりだった」

ふわり、と雨先輩が柔らかに笑う。

まさか、そんな返事が返ってくるとは思わなくて言葉を失った。

すると今度は、雨先輩が小さなため息をついてから、私を見る。

「美雨のほうこそ俺を無視したから、俺と関わってること、アイツに知られたくないのかと思った」

だから挨拶も美雨にだけ聞こえるように言ったんだけど、なんて、続けられた言葉に心臓が乱されて、思わず逃げるように空を見上げた。

空には飛行機が作った、ひと筋の雲の跡が残っている。

どうして飛行機雲は、いつ見ても宝物を見つけた気分になるのだろう。子供の頃に置き去りにしたものはたくさんあるのに、こんな私の中にもまだ少しは、そんな〝特別〟が残っているのだろうか。

「挨拶したのはカズくんなのに、それを無視するなんて失礼ですよ」

自分でも理不尽なことを言っているとわかってはいるけれど、うるさいくらいに高鳴る鼓動をごまかす術《すべ》を、私は知らない。

雨先輩は時々、聞いている私が恥ずかしくなるようなことを平気で言う。私にだけなんて、まるで私を特別扱いしているみたいな……そんな本心では思ってもいないことを、軽々しく口にしないでほしい。

「……カズくんだっけ？　美雨はアイツとどういう関係なの？」

そっと目を細めた雨先輩は、感情のない声で私に尋ねた。

「どういうって……カズくんと私は、ただの幼馴染ですけど」

「ふぅん」

自分で聞いておいて面白くなさそうな返事をした雨先輩は、そのまま空へと視線を移してしまう。

ホントになんなの、この人……。

意味がわからず、続く言葉を探していると、くるりと身体を反転させた雨先輩がトン……と屋上の手すりに背を預けて口を開いた。

「別に、無視したくてアイツを無視したわけじゃないよ」

視線をわずかに足元に落としながら答えた雨先輩は、どこか遠くを眺めている。

「え？」

「ただ、あの時は後ろめたさもあって、声をかけられなかっただけ」

「後ろめたさ？」

唐突な言葉に思わず首をかしげると、先輩は再び小さく息を吐いた。

「目が合って、不可抗力でアイツの未来が見えて後ろめたかった。将来、教卓に立って授業をしている姿。それに、子供たちと野球をしながら笑い合っている姿が見えて、それで……」

なにを言い出すかと思えば、やっぱり雨先輩はあの時、カズくんの未来を見ていたのだ。そして雨先輩は別に、私のことを特別扱いしているわけではなかった。私にだけ挨拶をしたのは、単にカズくんの未来を見てしまった後ろめたさのせいだったのだ。

一瞬、自分は雨先輩にとって特別な存在なのかも……と、期待してしまったことが恥ずかしい。というか、それならそうと、最初から言えばいいのに。わかっていたら、ひとりで勝手にドキドキなんてしなかった。

「あの時、ふたりはちょうど、そんな話をしてたんじゃない？」

「……また勝手に、人の未来をのぞき見たんですか」

八つ当たり半分、呆《あき》れ半分でジロリと雨先輩をにらむと、雨先輩は一瞬困ったように苦笑いをこぼした。

今日もグラウンドからは、サッカーや野球を楽しむ生徒たちの声がする。それに混じって吹奏楽部が昼練で楽器を奏でている音も聴こえて、賑やかな学校の空気の中で屋上だけが、どこか別の世界に切り離されているような気分になった。

「いや、そんなつもりはなかったんだ」

手すりに片肘を置いた雨先輩が、身体半分グラウンドへと向けて口を開く。

「ただ、未来のことを強く考えている相手の目を見てしまった時だけは、俺の意思とは関係なく、相手の未来が見えてしまうことがある」

「え……」

「まぁ、結局、美雨の言うとおり、のぞき見てるってことには変わりないから言い訳にもならないんだけど」

抑揚のない声で答えた雨先輩が、自嘲した。

目を丸くして固まる私を見て、雨先輩は切なげに微笑む。

「勝手に自分の未来をのぞかれるなんて、相手からすれば気持ち悪くて仕方がないことだと思う」

冷たい風が雨先輩の髪を揺らして、彼の目元に影を作った。

つい先日、雨先輩に未来をのぞかれた時に抱いた私の本心をつかれたようで、心が言いようのない罪悪感に包まれる。

「だから正直、人と関わるのは苦手なんだ。自分の異質さばかりを痛感するから」

寂しげに微笑んだ雨先輩は、再び空へと視線を移した。同時に、手すりに乗せられている手に、強く力がこめられる。

まさか雨先輩が、未来を見ることに抵抗感を持っているなんて思ってもみなかった。

……だから毎日、誰もいない屋上にいるのだろうか。グラウンドで汗を流す生徒や、楽しそうに昼休みを過ごす生徒たちの裏で、未来が見える自分を異質だと卑しめながら、たったひとりこの場所で、空を見上げながら過ごしている。

「未来が見えても、いいことなんて、ひとつもない」

吐き出された言葉は、吸い込まれるように空の中に消えていった。

いつの間にか頭上の飛行機雲が蒼の中ににじんで、曖昧なものに変わっている。

『未来が見えても、いいことなんて、ひとつもない』

たった今、雨先輩が口にした言葉が頭の中で木霊《こだま》する。同時に、私の中で膨らんでいたなにかがパチンと弾けた。

「……なに、言ってるんですか」

「え？」

少しでも彼を元気づけたくて声をかければ、彼が驚いたようにこちらを向く。

「未来が見えるなんて、お得ですよね」

「お得……？」

「だって、未来が見えるなんて、そんな便利なことってないじゃないですか」

先輩と同じように手すりに手を乗せ強く握った。

突然の私の言動に、目を丸くして雨先輩がこちらを見ているのがわかる。真っ黒な瞳は見開かれたままで、なにも答える様子がないから、私はそのまま言葉を続けた。

「未来が見えれば、自分の将来に悩むこともない。進路表ひとつで職員室に呼び出されて、長いお説教をされることもないし……なにより、余計なことを考えずに済んだはずだから」

「余計なこと？」

先輩がいぶかしげに眉根を寄せたけれど、私は答えを濁して押し黙った。

もしも私に未来を見る特別な力があったなら、私は選択に悩むたびに自分の未来を見ただろう。そうすれば、自分はこれからどうすればいいのか……無駄に悩んで心と時間を消費することもなかった。

実際に自分がどうなっているか知ることができたら、きっと諦めもつくだろう。将来に変な期待を抱かずに済むし、生きていくのも簡単だ。

「先輩は、贅沢なんです」

自分がどれだけ恵まれているのか、雨先輩は気づいていない。

「自分の未来に迷わなくていいなんて、そんな楽チンなことありません。それに、自分の未来を見るなら、のぞき見とか関係ないし、だから――」

「自分の未来は、見えないんだ」

だけど唐突に私の言葉を遮った雨先輩は、小さく息を吐き出した。

「え？」

弾かれたように隣を見ると、彼は困ったように笑ってから、私と入れ違いに前を向く。

「俺は、他人の未来は見えても、自分の未来だけは、見たくても見れないんだ。だから一度も、自分の未来を見たことはない」

キッパリと言い切った雨先輩を前に、今度は私が目を見開く番だった。

どうやら私は、とんでもない勘違いをしていたらしい。てっきり、雨先輩は自分の未来も見たい時に見ているのだろうと思っていたけれど、そうじゃなかった。冷たい鉄の手すりに腕を置き、その上に顎を乗せた雨先輩の目には、いつだって他人の未来ばかりが映っていたのだ。

それは、どれだけもどかしいことだろう。見たいものは見えないのに、見たくないものは見えてしまう。輝かしい未来も、悲しい未来も、見えたところで雨先輩にはすべて関係のないこと。ただ心に残るのは、他人の未来をのぞき見てしまったという罪悪感と焦燥《しょうそう》感だけなんて。

「……途端に、不便な能力ですね」

「うん。まさに、美雨が言うとおり」

腕に顎を乗せたままこちらを見て、他人事《ひとごと》のように笑った雨先輩の様子に、胸の奥が針で刺されたように痛んだ。

残された、あと四日。もしも私がこの世界から消えてしまったら、その先の未来でも雨先輩は、たったひとり、この屋上で空を見上げ続けるのだろうか。自分を卑下し続けるのだろうか。

想像するとなぜか他人事のように思えず、胸が苦しくてたまらなかった。

「それに……もしも自分の未来が見れたからといって、迷いがなくなるわけじゃないだろ」

「え？」

「もしも未来が見えたなら、美雨は本当に自分の将来に悩まなかった？　余計なことを考えずに、楽ができた？」

先輩の諭すような口調に、思わず言葉に詰まってしまった。

『もしも、未来が見えたなら』

本当に私は、悩まないだろうか。将来に変な期待を抱かずに、簡単に今を生きていくことができたのか。

「見えた未来が、自分の望まない未来だったら？」

「望まない、未来……」

「逆に、未来が見えるほうが悩む気がしない？」

柔らかな声で尋ねる先輩に、首を横に振ることができなかった。

確かに、見えた未来が自分の望まぬものであれば……私は、受け入れることはできずに、悩み、葛藤するだろう。そう、四日後に死ぬと言われた、今のように。

「……そろそろ、昼休みも終わるね」

投げられた言葉に、ゆっくりと顔を上げた。

頭上に描かれていた飛行機雲は、もう跡形もなく消えている。

それはまるで、私たちの未来を示しているようで……。

「今日も、寒かったね」

なんだかとても、苦しくなった。

「じゃあ私、部活行くね。美雨、また明日！」

美術部で使う画材の入ったカバンを持つ手とは反対の手をヒラヒラと動かして、颯《さっ》爽《そう》と教室を出ていくユリの背中を、私も手を振りながら見送った。

昨日、颯くんに告白して見事に玉砕したユリは、雨先輩の言ったとおり笑顔で私のところに戻ってきた。そして、『今日はケーキのやけ食いだ！』と宣言し、商店街のケーキ屋さんにふたりで行き、合計八個ものケーキを買って食べたのだ。

ケーキを前にユリは終始笑顔を見せていたけれど、帰り道では時折悲しそうな表情も浮かべていたから心配だった。

だけど、女の子ってたくましい。今朝会った時にはもういつもどおりのユリで、落ち込むどころかスッキリとした表情をしていた彼女に、私はいい意味で感心した。

「……帰ろう」

放課後の教室で、ひとり言のように言葉をこぼすと、カバンを持って席を立つ。

遠くで、吹奏楽部が奏でる楽器の音が響いている。その音に合わせるように風に揺れるカーテン、机の上に置き去りにされたノート。重ねて聞こえるのは、野球部のかけ声、遠くを走る電車の音、車の音……。

この音を聴けるのも、あと少し。

私はカバンの中から出したイヤホンを、もう一度元の場所へ押し込めると、ひとりで昇降口に向かった。

「おい、美雨！　お前も今帰りか？」

学校を出て、駅までの道を歩いていたところで、突然背後から声をかけられた。

足を止めて振り向くと、視線の先には朝会った時と同じ姿のカズくんが立っている。

合格祈願のお守りのぶら下がったリュックを背負い、まるで全校生徒のお手本のようにきっちりと着こなされた制服は、オシャレさの欠片《かけら》もないのに、それがカズくんだと様《さま》になるから不思議だった。

「カズくんも、今から帰り？」

足を止めたまま、朝のようにカズくんを待っていると、カズくんは駆け足で私の隣に並んだ。

見上げれば、「おう」とだけ短い返事が落ちてきて、小さく笑う。

『また今度』が、訪れたことが嬉しい。こんなこと、今までの私なら絶対に思わなかったから、余計に笑ってしまってカズくんには不思議がられた。

「たまには、一緒に帰るか」

カズくんの言葉を合図に再び前を向いた私たちは、駅に向かって歩き出した。その拍子に足元を囲んでいた落ち葉が舞って、秋の音を奏でる。

「そういえば今度、駅前の商店街にハンバーガーショップができるらしいぞ」

「え、そうなの。すごい！」

「最初は混みそうだよな。でもオープンは来年の三月末らしいから、高校三年の俺らには関係ない話だけど」

　大きく伸びをしたカズくんが呆れたように息をつく。

　大型ショッピングモールや、オシャレなコーヒーショップ、流行りのデートスポットなんて、この街にはひとつもない。駅前には寂れた商店街と、それなりの大きさのスーパー、薬局、ごく一般的なコンビニが一軒あるだけだ。さらに電車で二駅も行くと、視界は畑と田んぼで埋め尽くされる。

「確かに、ハンバーガーショップができる頃にはカズくん、卒業だもんね。三月末には、もう大学の近くに引っ越してる？」

「まぁ、志望大学に無事に合格できればの話な」

「……それは、そうだけどさ」

　思わず声が小さくなったのは、カズくん本人が知らない未来を、無関係の私が知っているということに後ろめたさがあったからだ。加えて、カズくんがこの街を出ていってしまうことに、ほんの少しの寂しさも覚えた。

　だけど、その頃には私ももう、この世界にはいないんだろう。

あと四日。駅前に新しくできるらしいハンバーガーショップにも、私はとても行けそうにない。

私たちは電車に乗って最寄りの駅で降り、駐輪場に停めてあった自転車にそれぞれまたがって、家までの道をくだらない話をしながら走った。

見慣れた景色がやけに新鮮に感じられるのは、私の置かれた現状が、この数日で劇的に変わってしまったからなのだろう。

すると、家まであと数分というところの信号待ちで、カズくんが唐突に口を開いた。

「なぁ、美雨。お前……今朝の話の続きだけどさ」

「今朝の話って……」

「進路のこと」

不意をつかれたせいで思わず固まったままカズくんを見れば、一瞬、難しそうな顔をしたカズくんと目が合った。

「あれから、俺なりに考えてみたんだ。美雨が話したくないなら、無理やり聞き出す必要もないかと思ったんだけど。でも、もし進路で悩んでるなら、俺だって話を聞くことくらいはできるからさ。俺でよければ、いつでも相談しろよーってことだけは、一応、伝えておこうかと思って」

カズくんは昔から、本当に優しくて頼りになる幼馴染だった。小さい頃は、そんなカズくんが私の自慢だったし……私はカズくんのことが大好きだった。

「俺に遠慮とかする必要ないからな。そんな間柄じゃないだろ、俺たち」

だけど、昔と今では違う。私たちはもう、なにも知らない、夢ばかりを見ていたあの頃とは違うのだ。だから、私はいつの間にか、無邪気に自分の夢を口にすることはできなくなった。

私は、臆病者だ。そんな自分を、自分とは真逆の、まっすぐに夢に向かっているカズくんに知られてしまうのは、恥ずかしくてたまらない。

「……別に、悩んでないよ」

「ハァ……」

つい嘘をついてうつむくと、頭の上から小さなため息が落ちてきた。

ビクリと肩を揺らしてから顔を上げれば、どこか呆れたような表情で私を見るカズくんと目が合って心臓が小さく跳ねる。

なんと言えば正解だったのか、わからない。ここはとりあえず、『わかった、ありがとう』とでも言っておくべきだったのか。

迷っていると、カズくんは突然、顎で近くの公園を指した。

そこは、家が近所で幼馴染の私たちが小さい頃、よく一緒に遊んだ公園だった。

だけど、もう何年も、ふたりでなんて行った覚えのない場所だ。

「昔は、よくここで暗くなるまで遊び回ったよな」

「え？」

「久しぶりだし、ちょっと遊んでこうぜ」

なにを言い出すかと思えば、そんなこと。だけど誘いを断る気になれなかったのは、瞬間的に、もしかしたらカズくんといられるのはこれが最後になるかもしれないと思ったからだ。

できればもう少しだけ、カズくんと一緒にいたい。思い出の詰まったこの場所で、カズくんとの最後の時間を過ごしたい。

「……いいよ。少しだけだからね」

照れ隠しでそう答えると、カズくんは小さく笑いながら、「おう」とだけ短い返事をくれた。


「うわー、懐かしい！」

公園の入り口に自転車を停めて中に入ると、真っ先に目に飛び込んできたのはシーソーだった。

「ねぇ、これ、覚えてる!?」

瞳を輝かせながら隣を見ると、カズくんは呆れたような笑みをこぼす。

「ああ……美雨、めちゃくちゃ好きだったよな」

カズくんの言うとおり。昔はシーソーが大好きで、しつこいくらいにシーソーばかりをしていた時期があった。カズくん以外の近所の子たちが次々と飽きていく中で、カズくんだけはそんな私に最後まで付き合ってくれたっけ。

それをきっかけに、公園での思い出が次から次へと蘇ってきた。

滑り台は、お気に入りのスカートを穿いたまま滑って、汚してしまったことがあった。ショックで泣き出した私の手を引いて、カズくんは水道で汚れたスカートの裾を洗ってくれた。結局、そのせいで汚れがさらに広がって、カズくんは私のお母さんに助けを求めに行く羽目になったんだけど、今思えばそれもいい思い出だ。

鉄棒は、カズくんが得意だった。逆上がりも、誰よりも最初にできたのはカズくんで、あの頃はたったそれだけのことでカズくんは皆のヒーローだった。

「昔さぁ、よくブランコで靴飛ばし、やったよな。誰が一番遠くまで飛ばせるかって、何度も何度も」

茜色《あかねいろ》に染まり始めた景色を背景に、カズくんが言う。

私たちは、あの頃と同じようにふたり並んでブランコに座ると、空を見上げた。

「美雨は、本当に負けず嫌いでさ。俺に勝てるまでやるんだって聞かなくて、結局、最後の最後に靴を飛ばしたら、その靴が――」

「水たまりに落ちて、大泣きする羽目になったって言いたいんでしょ？」

　唇をとがらせて先回りをすると、カズくんは「あの時は、ホント面白かったな」と、楽しそうに笑った。

　私たちが動くたび、ブランコの鎖がギシギシとうなり、茜色の空がゆらゆらと揺れる。

　小さい頃は日が暮れるまで、この場所で駆け回った。けれど歳を重ねるに連れて、ここに足を運ぶことも減っていき、いつの間にかこの場所自体が過去になってしまっていた。

　だけど過去は未だに色褪《いろあ》せずに、私たちのすぐそばにあったんだ。そんなことにも気づかずに、私は当たり前ばかりを見落として、何気なく毎日を過ごしていた。

「でも美雨、よく覚えてたな」

「え？」

「……もう、忘れてるかと思ってた」

　どこか寂しそうに言ったカズくんは、昔と変わらぬ綺麗な瞳を私へと向けている。

「忘れるわけないじゃん。なんで、そんなふうに思うの？」

　思わずキョトンとしながら尋ねると、やっぱりカズくんが切なげに笑う。

「いや……今はもう、昔みたいに美雨とふたりでゆっくり話すことも滅多にないだろ。

美雨がなにを考えてるかとか、昔はすぐにわかったのに……今はもう、全然わからないから」

言いながら視線を空へと戻したカズくんは、多分、私が自分の進路について濁したことを気にしているのだろう。

「あの頃の俺たちと、今の俺たちは違う。だから俺が覚えていることも、美雨はとっくに忘れててもおかしくないな、と思ったんだ」

思いもよらない言葉に、喉の奥が締めつけられるように痛んだ。

あの頃の私たちと、今の私たちは違う。自分でも同じことを感じていたはずなのに、改めてカズくんに言われると、たまらなく寂しくなった。

……覚えてるよ。覚えてるに決まってるじゃん。だってあの時、水たまりに靴を落として大泣きした私を家まで送ってくれたのは、誰だと思ってるの。ビチョビチョに濡れた靴を持って、泣いている私を背負って家まで連れて帰ってくれたのは、他でもない、カズくんだ。

『美雨、大丈夫だよ』

あの日のカズくんが、今の私に語りかけてくる。悔しくて悲しくて泣いている私にカズくんが言った言葉は、今も心の中にあった。

『明日は、もっと遠くに飛ばせるよ。その次の明日は、もっともっと遠くに飛ばせるようになる。だから、大丈夫。美雨、俺と一緒に――』

「……もう一度、がんばろう」

過去のカズくんの言葉の続きを、ぽつり、と空を見上げながらこぼせば、隣のカズくんが不思議そうに私を見たのがわかった。

「美雨？」

「もう一度……がんばろう」

噛みしめるようにその言葉を口にすると、無性に泣きたくなって……私は慌てて涙を払うように首を左右に小さく振った。

「美雨、どうした？」

足元で、落ち葉が踊る。ローファーのつま先でそれを蹴り上げれば、再びブランコの鎖がギシギシとうなった。

「……変わってないものも、あるよ」

「え？」

「カズくんの夢は、あの頃から変わってないでしょう？　大丈夫。カズくんの夢は、叶うよ。絶対に、大丈夫」

顔を上げて、まっすぐに前を向いて、カズくんに伝えた。

「カズくんは、将来、必ず学校の先生になれる。だから、安心して。私が保証する」

唐突な私の言葉に、カズくんは目を見開いて固まっていた。

そんなカズくんに向けて微笑むと、私は再び足元へと視線を落としてまぶたを閉じる。頭の中で繰り返されるのは、昼休みに聞いた雨先輩の声だ。

『将来、教卓に立って授業をしている姿。それに、子供たちと野球をしながら笑い合っている姿が見えた』

カズくんの未来を、私は知っている。

今、カズくんは受験勉強に追われる日々を過ごしているだろう。私が知らないだけで、今も不安とプレッシャーに押し潰されそうになっているかもしれない。必ず叶う夢と、輝かしい未来が待っているのに、カズくんは限界まで自分の身を削っているのだ。だから、その重荷が……少しでも、なくなればいい。

ユリの時のように、私がなにを言っても無駄かもしれないけれど、少しでもカズくんの心の負担を減らしたかった。

雨先輩は『自分の未来が見れたからといって、迷いがなくなるわけじゃない』と言ったけど。見えた未来が自分の望んだ未来であれば……きっと毎日は、今まで以上に輝きを増すと思うから。

「安心してって、なんだよ、急に。どういうことだよ」

「ごめん……。でもね、ホントなんだよ。ホントに、カズくんの夢は叶うってことを伝えたくて」

私の言葉に、カズくんはいぶかしげに眉根を寄せた。

当然の反応だろう。突然、『あなたの夢は叶うから安心して』なんて言われたって、意味がわからない。だけど『知り合いに未来が見える人がいて、その人が言ってたんだよ』と言ったところで、それこそ信じてもらえるわけがない。

「きゅ、急に変なこと言っちゃって、ホントにごめんね？　ただ、その、ホントに。ホントに、カズくんの夢は叶うっていう未来を伝えたかったから、それで」

しどろもどろになればなるほど、疑わしさが増す。

「信じてもらえるわけない……ていうか、うん。ホントに変なこと言ってるなぁって、自分でもよくわかってるから……うん、ごめんなさい」

段々と小さくなった語尾に比例するように、私の肩も落ちていった。

こんなこと伝えても、カズくんが信じるわけないのに。むしろ、私が雨先輩に対して思ったように、変なヤツだと言われてもおかしくないのに、なにをやっているんだろう。

「……美雨が言うなら、ホントにそのとおりになるのかもな」

「え？」

「美雨が言うなら、本当に俺の夢は叶うのかもしれない」

けれど、返ってきたのは力強く、優しい声だった。

思いもよらない言葉に、弾かれたように顔を上げれば、私を見て穏やかに微笑むカズくんがいて、息を呑む。カズくんがなにを考えているのかわからず、呆然としたまま固まってしまった。

「だって、美雨が言うことって昔からよく当たるし。俺が野球部に入った時、『カズくんはきっと将来、部長になる』って予言しただろ」

「それは……カズくんが、カズくんだからで……」

きっと、私以外の人の中にも、部長になるならカズくんだと思った人たちがたくさんいただろう。

「他にも、家の前を通っただけで、我が家の夕飯を言い当てたり。うちのばあちゃんの調子が悪い時も、顔を見ただけで気づいたり……」

カズくんが、茜色に染まる空ににじんでいく。

たった今言われたことは全部、私たちの過ごしてきた時間があってこその話だ。私に、雨先輩のような未来を見る特別な力があるからじゃない。ただ単に、私は自分の目に映ったことを、そのままカズくんに伝えていただけだった。

「美雨はさ、昔から、周りのことによく気がつくよ。自分以外の人のことをちゃんと見てて、そういうところがすごいなぁって、昔からずっと思ってた」

凛と通る声で言い切るカズくんに、どう返事をしたらいいのかわからず言葉に詰まってしまった。

「そんなことないよ……私は、ただ……」

「だから。美雨の言うとおり、もしも本当に夢が叶うなら、俺はここからもう一度、がんばらないと」

「え……」

「夢を夢で終わらせないために……もう一度気合いを入れて、がんばるよ」

そう言うと、カズくんは再び、茜色に染まる空を見上げた。

『もう一度、がんばろう』

思い返せばあの日も、空は今と同じ、茜色に染まっていた。

私の目に映るのは、昔から変わらない、いつだってまっすぐな瞳と強い意志。そのまぶしさについ見惚れてから、私は息を吐き出した。

「……なんで？」

「ん？」

今にも消えそうな声を、カズくんが拾ってくれる。

「どうしてカズくんは……そんなに、がんばれるの？」

口をついて出た言葉は、自分でも驚くほどに震えていた。

逃げるように視線を下に落とせば、足元を冷たい風が駆け抜ける。

「がんばっても……結果は、同じなのに」

それは約束された未来のあるカズくんではなく、未来を失った自分に向けて言った言葉だった。

「どう転んでも結果は同じなのに、がんばっても……今の自分が、ただ、つらいだけだよ」

「美雨？」

「どれだけがんばっても、未来は変わらないんだよ」

再び、ゆっくりと顔を上げると、空を眺めていたはずのカズくんの瞳が、いつの間にか私へと向けられていた。

いつだってまっすぐで迷いがなく、確固たる強い意志を宿した、カズくんの目に見つめられ、今度こそこの場から逃げ出してしまいたくなる。

……私は、本当に臆病者だ。臆病で、弱虫で、情けないヤツ。

思い返してみれば、あの日、雨先輩に『一週間後に死ぬ』と言われた時、私は驚きながらも一瞬、肩の力が抜けたのだ。

ああ……それならもう、進路のことで悩む必要もないんだ。自分の未来が見えないことに、これ以上、頭を抱える必要もないんだ。そんなふうに心のどこかで安堵した。

自分の未来から目を背けていい理由ができて、私は内心、ホッとしたのだ。

それは、自分が死ぬということをまだ、リアルに感じていなかったからなのかもしれない。すべて、雨先輩の悪い冗談だと思っていたからこそ、生まれた感情だったのかもしれないけれど……。

それでも私は、たとえ一瞬でも自分の未来を手放したのだ。消えそうになっている自分の未来のために、もう一度がんばろうなんて思いもしなかった。

それなのに今、カズくんは自分の未来のために『もう一度、がんばろう』としている。私とは正反対で、約束された未来があるカズくんこそ……もう、これ以上がんばる必要もないのに。

「がんばっても変わらないなんて、誰が決めたんだよ」

「……え？」

力強く放たれた声に、私は反射的に顔を上げた。

「美雨が言ってることもわかるよ。だけど、未来がどうなるかなんて結局、自分次第だろ？」

自分次第……。

カズくんの口からこぼれた言葉は、私の心を強く、叩く。

「今ってさ、がんばることが美徳……みたいな考え方は、かなり敬遠される風潮だと思う。古くさいっていうか、がんばって無理して逆に大切なものを失うくらいなら、もっと考え方とか生き方を変えろってことなんだと思うけど」

言いながら、カズくんは地面を乱暴に蹴り上げた。

「でも、考え方や生き方を変えたら、もうがんばらなくていいのか？　世の中がなんと言おうと〝無理してがんばった今〟が将来、自分の自信に繋がることもあるんじゃないか？」

ブランコが弧を描いて、大きくしなる。立ち上がって器用に身体を揺らし、勢いをつけたカズくんは、そのまま高く、高く上がっていった。

「俺だって、がんばらなくていいなら、がんばりたくねーよっ！　苦しいことを全部捨てて生きられるなら、そっちのほうがずっといい！」

「えっ!?」

思いもよらない言葉に驚きの声を上げると、カズくんが再び大きく息を吸い込んだ。

「でも俺は、未来の自分のために今、がんばりたい！　がんばりたいんだっ!!」

そうして力強く叫んだかと思えば、勢いのままに片足を空に向かって蹴り上げた。

その拍子に、カズくんの履いていた靴が空高く放たれる。

空中を泳いだ靴は、子供の頃とは比べ物にならないくらいに遥か遠くへ飛んでいくと、土ぼこりを上げて地面の上に転がった。

「ハァ……けっこう、飛んだな」

私がしばらく呆気にとられていると、不意につぶやかれた言葉に現実へと引き戻された。視線を隣に戻すと、片足だけでブランコを止めたカズくんが、スッキリした笑顔を浮かべている。

「……がんばれない時は、無理にがんばらなくていい。でも、ずっとがんばらないでいたら、自分の手にはきっとなにも残らない。未来の自分になにも残らないのは、今、がんばらないことよりも疲れるし、つらいんじゃないかな」

いつの間にか、私の頬を伝った涙のしずく。それをぬぐうことさえ忘れて、私はまっすぐにカズくんの目を見つめていた。

「だから、俺は結局、やっぱりがんばるかーってなるんだよ。それに、がんばったほうが楽しいと思う。未来でも、がんばった分だけ幸せなことがたくさん待っててくれる気がする。だから、未来は自分次第で変えられる。まぁ……あくまで俺がそう思うだけだけどな」

ニッ、と、そんな音がつきそうなくらいイタズラに笑ったカズくんの笑顔は、子供の頃と少しも変わっていなかった。

ゆっくりとブランコを降りたカズくんが、遠く離れた靴をケンケンで取りに向かう背中を、私は視線だけで追いかけていた。

『ずっとがんばらないでいたら、自分の手にはきっとなにも残らない』

『がんばったほうが楽しいと思う』

私はたった今、カズくんが言った言葉を頭の中で繰り返した。そのまま数秒考え込んだ後、気持ちのままに強く地面を蹴った。ブランコの上に立ち上がり、さっきカズくんがやったように、身体を何度も大きく揺らす。

「……は、っ」

高く、もっと高く。風を切るように。

空が近くなって、視界の地面が滑るように動いて、ブランコが幾度もうなる。

飛ばした靴の場所までカズくんがたどり着き、それに足を通して息を吐いたのが視界に映った。そうしてゆっくりと私のほうを振り向いたところで、今度は私が片足を強く、蹴り上げた。

「うわっ！」

綺麗な弧を描いて、靴が空を泳ぎながら飛んでいく。それは、カズくんの頭上を超えると、乾いた音を立てて着地した。

「美雨、なにやってんだよ、急に！」

「……っ、飛んだ」

驚いているカズくんを置き去りにして、ぽつりとこぼせば、胸の奥から次々と熱いなにかが込み上げて息が弾んだ。

小さい頃、カズくんに勝ちたくて、この場所で、何度も何度も練習した記憶が鮮明に蘇る。

あの頃は、公園で一緒に遊んでいた皆に、私がカズくんを超えるのは絶対に無理だと言われて、へそを曲げた。いつか絶対、カズくんよりももっと遠くに飛ばしてやるんだ、カズくんに必ず勝ってみせると決意して、幼い私はがんばっていた。

「カズくん、私の勝ちだよ!!」

「美雨、お前、実はコッソリ練習してたろ！」

胸を張る私を前に、飛んでいったばかりの私の靴を片手に持ったカズくんが、笑いながら怒っている。

練習したよ、過去の私、がんばったもん。たとえ小さなことでも今、私が笑顔を見せられるのは、過去の自分ががんばったからだ。

『もう一度、がんばろう』

心の中で何度も、あの日の言葉が繰り返される。

今の私なら、昼間の雨先輩の問いに、ハッキリと答えられるだろう。

『もしも未来が見えたなら、美雨は本当に自分の将来に悩まなかった？　余計なことを考えずに、楽ができた？』

答えはノーだ。未来が見えても見えなくても、私はきっと悩んでいた。望む未来が見えたら嬉しい半面、今以上に迷っていたし、望まない未来が見えたらきっと諦めきれずに、もがき続けた。

「もう一度……がんばろう」

がんばった先に、なにがあるかなんてわからない。なにもないかもしれない。それでも望む未来を掴むためには、前に踏み出さなきゃいけないんだと、今さらながら気がついた。

いつか訪れるだろう未来に、絶対なんてない。だからこそ、私たちはがんばれるんだ。

「雨先輩が見た未来も……きっと同じ」

ぽつりとつぶやいた言葉は、沈んだ太陽と共に夜に紛れた。

あと、四日。

私は残された数日で、この先の自分の未来と向き合うことを強く誓った。

金曜日の願い

「美雨、おはよう。お母さんもう行くけど、お弁当はテーブルの上に置いてあるから忘れずに持っていってね」

金曜日の朝。うるさい目覚ましに起こされた私がリビングの扉を開けると、すでに仕事へ向かう準備を整えたお母さんと鉢合わせた。

「お母さん、今日は早いね？」

「うん。昨日から、ちょっと容態の気になる患者さんがいてねー。それに、やらなきゃいけないことも、いくつかあって」

トレンチコートを羽織りながら、笑顔で答えるお母さんが横を通り過ぎると、優しい風が頬を撫でた。

思わず、玄関に向かうお母さんの後を追う。

ぼんやりとお母さんの背中を見つめていれば、後ろに立つ私の気配に気がついたのか、お母さんは視線だけで振り向き、私を見て穏やかに目を細めた。

「今日は日勤だし、夕飯は美雨の好きなもの作ってあげるからね」

「何時頃、帰ってくる……？」

「うーん。早くても六時半くらいかなぁ。だから夕飯は、七時過ぎになっちゃうかも」

困ったように笑うお母さんの顔を見ながら、幼い頃も毎日のように同じ質問をしたことを思い出した。

「そっか……」

「ハッキリ時間がわからなくてごめんね。できれば、ご飯だけ炊いておいてくれると助かるな……って、わっ。もう、こんな時間！　それじゃあ、お母さん行くね？」

「あ、あのね、お母さん……！」

ドアノブに手をかけ、今にも外に出ようとしていたお母さんに慌てて声をかけると、お母さんは今度こそ身体ごと振り向いた。

「どうしたの？」

「私、その……大切な話があって」

「大切な話？」

お母さんはまっすぐに私を見つめ、不思議そうに首をかしげている。

自分の気持ちをどうやって伝えたらいいのかわからずに、私はつい視線を斜め下へと逸らしてしまった。

「美雨？　大切な話ってなに？」

「それは……帰ってから話す。ごめんね、仕事行く前に引き止めちゃって」

自分でも、なんて悪いタイミングで切り出してしまったのかと呆れてしまう。

今から仕事に出るという時に、する話じゃない。大切な話があるなんて、そんなことを言ったらお母さんだって気になるだろうし、仕事に行きづらくなってしまう。

「でも、大切な話なんでしょう？　本当に、帰ってからで大丈夫なの？」

「うん……。私も、ゆっくり話したいから」

「そう……」

罪悪感から語尾をすぼめると、小さなため息がこぼされた。

恐る恐る顔を上げれば、どこか呆れたような、脱力したような表情のお母さんと目が合って、今度こそ申し訳なさで胸が痛む。

「わかった。じゃあ、今日の夜に話そうね。約束。それじゃあ、いってきます」

「……いってらっしゃい」

ごめんね、お母さん。……ありがとう。

閉まるドアを名残惜しく眺めて、声にならない言葉を心の中でつぶやく。私は、しばらくその場に呆然と立ち尽くしたまま動けなかった。


「雨先輩、私に、未来を変える方法を教えてください」

昼休み、当たり前のように屋上に向かった私は、すでにそこにいた雨先輩へ唐突に言葉を投げた。

「……未来を変える方法？」

「はい。私、自分の未来を変えたいんです」

今日も屋上には冷たい風が吹き、頭上には太陽が輝いている。

唐突な私の質問に、雨先輩は狐につままれたような顔をして固まってしまった。

「未来を変えるための、なにかいい方法とか、ありませんか？」

「急になにを言い出して……というか、どういう心境の変化？」

心底不思議だといった様子で私の顔を眺める先輩の言うことは、もっともだ。

後ろに見える青く澄み渡る空にも、『なにを言っているの？』と聞かれているような気さえした。

「私、昨日の夜、考えたんです。雨先輩は未来は変えられないって言うけど、それは雨先輩に変えられないってことで、雨先輩じゃない私だったら未来を変えられるんじゃないか……って」

言いながら、私はスカートのポケットから折りたたまれた一枚の紙を取り出した。

丁寧に拡げると、私は書き連ねた文章を一つひとつ読み上げていく。

「つまり、ですね――」

今までのことを整理してみると、こうだ。

まず、今日の前にいる雨先輩は〝未来を見る〟という不思議な力を持っている。

雨先輩が見た未来は、必ず現実になるらしい。

それで言うと、私はどうやっても三日後に死んでしまう。

雨先輩は、自分が見た未来を自分の手で変えることはできない。

なぜなら、変えてしまうと未来を見る力を失うどころか、雨先輩自身がこの世界から消えてしまうからだ。

さらに、未来のことを強く考えている相手の目を見てしまった時だけは、雨先輩の意思とは関係なく、相手の未来が見えてしまうことがある。

そして、雨先輩に見えるのは他人の未来だけで、自分の未来を見ることはできない。

「――と、今のがこの数日でわかった、雨先輩の不思議な力のことです。ということは、もしかしたら雨先輩が見た未来を、雨先輩じゃなくて私が変えることは可能かもしれないってことになりませんか？　これまで、そういう実例がなかっただけで」

「……こんなこと、よくまとめたね」

胸を張った私を前に、雨先輩はどこか呆れたように笑った。

「笑いごとじゃないんです！　私は、真剣なんですから！」

昨日の放課後、カズくんと話して、私はもう一度自分の未来と向き合おうと決めた。

本当なら未来と向き合うということは、自分の将来のことや夢について、もう一度よく思案しようということになるのだけれど、私の場合まずは、三日後に訪れる〝死〟をクリアしないと、どうにも前には進めない。

思えば、雨先輩に『一週間後に死ぬ』と言われてから、私は『死ぬ前になにができるのか』ということばかり考えていたのだ。だけど、未来と向き合おうと決めた今は、『自分が死なずに済む方法はないか』ということを模索する必要があった。

それは、ただの悪あがきに過ぎないかもしれないし、まるで意味のないことかもしれない。それでも私は、やれるだけやってみたいと思ったのだ。本当に単純だけど、『もう一度、がんばろう』と心に決めた。ユリのように『弱虫な自分のまま死ぬのは嫌』だったから。

「うん、ごめん。確かに美雨の言うとおり、俺じゃなくて美雨が未来を変えたらどうなるかっていうのは実例がない」

「で、ですよね！　やっぱりそこは可能性ありですよね！」

つい声を弾ませると、先輩が小さく笑う。

「……うん。だけど実例がないことで言えば、俺が未来を変えると俺自身にいろいろ起こるらしいってことも……実例がないよ」

「え……？」

思いもよらない言葉に首をかしげると、風が、雨先輩の前髪を優しく揺らした。

真っ黒な瞳に射抜かれて、私は一瞬、まばたきの仕方を忘れてしまう。

「この世界から、どうやって消えるんだろうね？」

ふわりと笑った雨先輩は、切れ長の瞳をそっと細めて空を指した。

やっぱりこの人は、雲のように掴めなくて、奔放で、不思議な人だ。こんなこと、この数日間で何度思ったかわからないけれど、つい思わずにはいられない。

「美雨？」

「わ、私が未来を変えたらどうなるかってことと、雨先輩が未来を変えたらどうなるかってことは、雨先輩のリスクを考えたら同じじゃありません！」

思わず声を張り上げると、先輩は顎に手を当て、首をかしげた。

「うーん、そうかな」

「そうですよ！　それに、どうやって消えるんだろうとか、全然笑えないのに笑いながら言わないで！」

つい声が大きくなる私を、雨先輩はジッと見つめている。

「み、三日後に死ぬかもしれない私には、全然笑える話じゃないし……。そりゃあ、私が死んだところで、雨先輩には関係のない話かもしれないけど……」

慌てて視線を逸らして唇をとがらせると、私は手の中の紙を強く握った。

「無謀だと思ってくれていいです。無駄なことだって言われてもいい。でも……悪あがきぐらいしてみてもいいですよね？」

「………」

私の質問に先輩は黙り込んだまま、答えてくれない。

「だから、なにかヒントがあれば教えてください。どんな些細《ささい》なことでもいいので、思いつく限りのことを私に教えてくれませんか？」

そこまで言えば、私を鋭く見る雨先輩の視線とぶつかった。

思わず言葉を止めて、息を呑む。

な、なに……？

あからさまな怒りをはらんでいる目に戸惑って、私はつい声の出し方を忘れてしまった。

「誰が、無謀だって言うんだよ。なにが、無駄なことなわけ？」

「へっ？」

「俺は、未来を変えたいと願う気持ちを無謀だなんて……無駄だなんて、絶対に思わない」

眉根を寄せながら、雨先輩は強く拳を握っていた。

「誤解しないでほしいけど、同情でこんなことを言ってるんじゃない。本気でそう思ってるから言ってるんだ」

今まで一度も聞いたことのない強い口調に、今度こそ返す言葉を失った。

……やっぱり、よくわからない人だ。だって自分が、冗談にもならない冗談を笑いながら口にしたくせに。

それでもまさか、雨先輩がこんなふうに怒るだなんて想像もしていなくて、驚いてしまった。

優しい人だとは感じていたけれど、いつも飄々《ひょうひょう》としていて、心の熱さなんてものは持ち合わせていないと思っていた。だから今も、私が未来を変えたいと言ったところで『無謀だ』『無駄だ』って一蹴されるんじゃないかと予想していたのに……。

だけど、違った。雨先輩は、怒った。

思い返せば、私に向けられる雨先輩の言葉に、いつだって嘘はない。ユリの時に、私の嘘に付き合ってはくれたけど、あれだって全部、私のためにしたことだった。

……ああ、そうか。無謀だ、無駄だと思っていたのは雨先輩ではないんだ。結局、一番弱気なのは、私自身だった。口では覚悟を決めたみたいに言って、心のどこかではまだ、『無謀なことかもしれないけど』とか、『やっぱり無駄なことかも』なんて言い訳をしていた。

でも、一度やるって決めたなら、最後まで諦めない。弱気な心は蹴り上げて、昨日の靴のように遠くに遠くに飛ばさなきゃ。だって、私には振り向いている暇なんてない。弱気になっている時間なんて、もうないのだから。

「あ、あの……雨先輩」

「ずっと、変わりたいと思ってた」

ぽつり、と声をこぼした先輩は、視線を下に落として小さく笑う。

「え……」

「だけど……それはどうやっても不可能で。だって、変わろうとすることは、この世界から消えることを意味してるから」

唐突にそんなことを言い出した雨先輩は、鉄の手すりに手を置いて、視界いっぱいに広がるグラウンドを見つめた。

「そのうち、自分の運命から目を背けたいと思うようになった。逃げたかったんだ。この世界から、現実から、未来から」

「雨、先輩……」

「だからあの時、似てるな、と思った。あの日……この場所で、ひとりでこの景色を見つめている美雨が、そんな俺とダブって見えた」

雨先輩は、なにかを探しているようで、それでいて、なにもかもを諦めたような目をしている。

「ひとりで空を眺めていた美雨が、俺自身を見ているようで……声をかけずには、いられなかった」

雨先輩の言う、『逃げたかった』が意味することは?

頭をよぎった疑問を口にすることすら怖くて、私は口をつぐんで押し黙った。だって、言葉にしたら、すでに曖昧な存在の雨先輩が、私の知らないどこかへと行ってしまうような気がしたから。

「巻き込んで、ごめん。だけど俺は、美雨が自分の未来を変えたいって言ってくれたことが、すごく嬉しい」

柔らかに笑う雨先輩の笑顔が切なくて、鼻の奥がツンと痛んだ。

「だから美雨のほうこそ、私が死んだところで俺には関係のない話だなんて、たとえ冗談でも言ってほしくない」

「え……」

「俺だって美雨には、この先も生きていてほしいんだ」

凜とした、力強い声だった。

……本当に、理解不能な人だ。そもそも自分が、未来は変えられないって言ったくせに。そのくせ私が未来を変えたいと言ったら喜ぶなんて、本当にわけがわからない。

さらには私に、生きていてほしいなんて。雨先輩がそんなふうに思ってくれていたなんて……思いもしなかった。

「……美雨？」

「ありがとうございます」

私は、冷たい手すりを掴む雨先輩の手に自分の手を重ねて、強く握った。

「え？」

「ここに、いてくれて。私に声をかけてくれて、ありがとうございました」

雨先輩が驚いたように、私を見た。

あの時、雨先輩に声をかけられなければ、私は今、こんなふうに悩むこともなかった。それなのに『ありがとうございます』なんて、きっと今、雨先輩は私を変なヤツだと思っているだろう。

だけど、雨先輩に声をかけられて、見えた世界や気づいたことが、たくさんあった。

当たり前が当たり前じゃなかったこと。死ぬことに対する恐怖。過去に置き忘れた思い出、自分の弱さ。がんばることの意味や……やっぱり死にたくないと思ったこと。

どれも大切で、とても綺麗な私の宝物なのだと、たった数日で気づかされたのだ。

「私には、雨先輩が必要でした。前にも言いましたけど、雨先輩が未来を教えてくれたから、私は残された毎日を、悔いのないように必死に生きられるかもしれないんです」

先輩の目はまっすぐに、私へと向けられている。

「そこから、今は自分の手で未来を変えようとまで思っている。悪あがきしようとしてるんです」

強く、強く、雨先輩の手を握った。

「先輩のおかげで、私はまだ希望を持ててます。今、雨先輩がいるから、私はひとりじゃないと思える。なにかできることがあるかもしれないって、だから……」

冷え切っていた手はとても冷たいはずなのに、どうしてか、涙がこぼれそうになるほど温かかった。

ひとりじゃない。最後の最後まで、雨先輩がいてくれる。雨先輩は、きっとこの手を離さないでいてくれる。

そこに確証なんてない。だけどきっと、絶対にそうだと思うんだ。

『美雨には、この先も生きていてほしいんだ』

その言葉がなにより私の心を強くして、強く背中を押してくれる。

「だから、最後まで私を見届けてください。途中で勝手にいなくなったら、死んでから呪《のろ》いますよ」

言いながら笑うと、雨先輩が驚いた顔をしてから破顔した。

「呪われるのは、嫌だな」

太陽よりまぶしい笑顔。初めて見る無防備な表情に、胸の奥が熱くなった。

あと、三日。私の未来は限りなく、不透明だ。それでも私は、見えない未来を探して走りたい。

その先になにがあるかなんてわからない。どうなるかなんて、わからないけれど。

それでもあがいてたどり着いたその先に、私は希望があると信じたい。

もう一度だけ、奇跡が起きると信じたかった。


「ついてきてほしいところがあるんだ」

放課後、雨先輩に言われて向かった場所は、私にとっても縁のある場所だった。

【医療センター】と書かれた門を前に、一瞬躊躇してから足を止める。

「美雨？　どうしたの？」

目の前にそびえる病院は、私のお母さんが勤めている病院だった。この辺りでは一番大きな総合病院で、看護師であるお母さんが毎日たくさんの患者さんを前に汗を流している現場だ。

どうして、よりにもよって、ここに……。雨先輩がついてきてほしいところって、病院だったの？

「……すみません、なんでもないです」

先輩が戸惑うかもしれないと思ったら、お母さんがこの病院で働いているとは言い出せなかった。雨先輩からすれば、自分が死を告げた相手の親だ。さすがの先輩でも、心中、穏やかではいられないだろう。

「行きましょう」

狼狽《ろうばい》を精いっぱい押し込めて笑顔を見せると、雨先輩は一瞬だけ不思議そうに首をかしげた。

「うん、じゃあ行こうか」

だけどそれ以上はなにも聞かずに、病院の敷地内へと歩を進めてくれる。

自動ドアをくぐり、病院の中へと足を踏み入れれば、独特のにおいが鼻についた。

視界に映るのは、清潔感のある佇《たたず》まい、車椅子に乗っている患者さんや数名の看護師さん、お見舞いに来たらしい人たち。

いろいろな立場の人たちと擦れ違いながらエレベーターに乗り、四階のボタンを押した雨先輩の背中を、私はただただ無言で見つめていた。

いったい、先輩はどこに向かっているんだろう。『ついてきて』と言われたからついてきたけれど、理由を聞いても『それはついてから話す』と言ったきりだし、ここに来た目的もわからない。

……ううん、違う。目的はわかる。雨先輩が向かっている先に、私が言った『未来を変えるためのヒント』があるのだろう。きっと、私の願いを叶えるために、雨先輩は私をここに連れてきたに違いない。

昼間からの流れでそう考えるのは当然のことで、それ以外のなにかがここにあるとは、今の私には到底思えなかった。

「美雨？　降りないの？」

「えっ、あ……すみません!!」

ぼんやりと考え込んでいると、エレベーターはいつの間にか目的の階にたどり着いていた。ひと足先に降りていた雨先輩に声をかけられて、私も慌てて後を追う。

「うわ……っ!?」

「わっ!!」

その時、急いでエレベーターから飛び出した拍子に、扉の向こうに立っていた人とぶつかって、私はそのまま尻もちをついてしまった。

だけどそれは相手も同じだったようで、「イタタ……」と声をこぼした私を戒《いまし》めるように、ひどく不満げな声が投げられる。

「痛いなぁ……急に飛び出してくるなよ」

「す、すみません!!」

謝った拍子に指先にぶつかったのは、真っ黒な携帯電話だ。咄嗟にそれを拾い上げ、病衣を着ているその人と交互に見れば、引き換えに大きなため息が落とされた。

「アンタ、いくつだよ。病院内のエレベーターから急に飛び出してくるなんて、今時の小学生でもそんな非常識なこと、やらないよ？」

幼さを残した声に驚いて目を見開くと、私よりも小さな男の子と目が合った。

「ぶつかったのが俺じゃなくて、じいちゃんやばあちゃんだったら、大怪我《おおけが》に繋がってたかもしれないんだぞ」

そう言う相手がまさか自分よりも年下だとは思わなかったので固まってしまう。

そんな私を前に、再びため息をついたその子は壁に手をついて立ち上がると、未だに尻餅をついたまま呆然としている私を悠然と見下ろした。

「二度と、同じことやるなよ」

どこか、冷めた印象を与える目。黒髪の映える青白い肌は、長い間陽の光を浴びていないことを容易に連想させて、彼の生気を奪って見せた。

「ていうか、いつまでも人の顔ばっかジロジロ見てないで、早く携帯、返してくれない？」

「え……あ、ご、ごめんなさい！」

慌てて立ち上がって携帯電話を差し出せば、あからさまに嫌な顔をされ、「チッ」という舌打ちまで返された。

背は、私よりも少し低いくらいだ。だけど身体は随分華奢《きゃしゃ》で、今のようにぶつかったら、簡単に倒れてしまうに違いない。

外見から小学校高学年か……中学生になったばかりくらいだと想像がつくけれど、雰囲気だけがなんだか大人びているから、高校生である私のほうが怖じ気《おけ》づいてしまった。

「本当に、気をつけろよ」

「ご、ごめんなさい……」

肩を落として素直に謝ると、今度は「ふんっ」と鼻を鳴らされた。

なんとなくだけれど、この子……長いこと、ここに入院している子なのだろうか。

彼の容姿や雰囲気から、そんなことを想像せざるを得ない。

つい眉間にシワを寄せて、目の前の男の子を見つめていれば、私の視線に気づいたその子が突然、意味深に微笑んだ。

その笑顔はとても冷たく、私が知っている子供の無邪気さの欠片もなくて、思わずゴクリと喉が鳴る。

「今度からは気をつけろよ、オバサン」

「オ……オバサン!?」

「オバサンだろ。俺まだ、中一だし。それに、物珍しそうに人の顔ばっかジロジロ見やがって、そんなに〝かわいそう〟に見えるかよ、この俺が」

「……っ‼」

思いもよらない言葉に、今度こそ返す言葉を失った。

けれどその子は、青ざめる私を見てバカにしたように鼻を鳴らすと、さっさとエレベーターに乗って扉を閉めて行ってしまった。

「美雨？　大丈夫？」

「オバサン……」

ぽつり、とこぼした言葉に、雨先輩が「最近の子は生意気だな」と苦笑いをこぼした。

だけど、渡された言葉よりも私の心に深く突き刺さったのは、あの子の温度のない瞳と表情だ。

『そんなに〝かわいそう〟に見えるかよ』

冷たい、声。吐き捨てられた哀しみが、鼓膜《こまく》に張りついて離れなかった。


「ここだよ」

男の子と別れてナースステーションを通り過ぎ、廊下を歩いた先で雨先輩が足を止めたのは、とある病室の前だった。

扉を軽くノックした雨先輩の向こうに、【雨宮　トキ】と書かれた札が見え、一瞬、ドキリと胸が鳴る。

「……はい、どうぞ」

病室の中から返ってきた声は、とても穏やかなものだった。

雨宮、って、まさか……。

恐る恐る雨先輩へと視線を移してみたけれど、雨先輩はなにを気にするでもなく、目の前の扉を無造作に開けてしまった。

「あらぁ、蒼ちゃん。今日は随分早いのね」

「ばあちゃん、調子はどう？」

「うふふ、今日はかなりいいのよ。ここのところ、晴れの日が続いているおかげかしら」

雨先輩に『ばあちゃん』と呼ばれたその人は、病室の真ん中に置かれたベッドの上で上半身を起こして、雨先輩を見つめていた。

雨先輩が入ってきた瞬間、ふわりと花が咲いたような笑顔を見せたおばあちゃん。

きっと、雨先輩の……実のおばあちゃんだ。なんとなくだけれど、笑顔の印象が、雨先輩に似ている。

優しく細められた目元、ゆるりと弧を描いた唇。その、春をまとったような雰囲気に気を取られてぼんやりとしていると、私の視線に気がついたらしいおばあちゃんが、先輩の斜め後ろに立っていた私へと目を向けた。

「あら……？　初めまして。蒼ちゃんの、お友達？　とっても、かわいい子ね」

かけられた声はとても柔らかで、自分に向けられるすべてが一瞬で安心感に満たされた。

「蒼ちゃんがお友達を連れてきてくれるなんて嬉しいわぁ。今日は本当に、素敵な日ね」

おばあちゃんは愛くるしく笑って、雨先輩を見上げる。

ほんの少し照れくさそうに頬を掻いた先輩だったけど、特になにを言うでもなく壁に立てかけられていたパイプ椅子をふたつ、慣れた手つきで取り出した。

雨先輩がついてきてほしいと言ったのは、もしかして自分のおばあちゃん――トキさんに、私を会わせるためだったんだろうか？

「お名前は、なんていうの？」

そっと首をかしげたおばあちゃんは、私と雨先輩を交互に見た。

「ばあちゃん。この子は、美雨っていうんだ。美しい雨と書いて、美雨。ばあちゃんの言うとおり……俺の、一応、友達みたいな」

後半は少し言葉を詰まらせながら、雨先輩が答えてくれる。

「は……初めまして！　榊 美雨といいます！」

慌てて一歩前に出て雨先輩の隣に並び頭を下げると、くすくすという優しい笑みが返ってきた。

「美雨ちゃん？　素敵な名前ね」

ため息が出そうなほど温かい声で褒められて、なんだか照れくさくなった。

というか……今さらだけど、私と雨先輩って友達なの？　まぁ、友達以外の表現をしろと言われても、私もなんと説明したらいいのか、わからないけれど。

「それで？　今日は、どうしてふたりで来てくれたの？」

再びトキさんへと目を向ければ、不意に視線と視線が重なった。

吸い込まれるような黒い瞳に射抜かれた瞬間、言葉が喉の奥に押し込められて、目を逸らすことも叶わなくなった。

「私に、なにか聞きたいことでもあるのかしら」

トキさんにはなにもかもを見透かされているのかもしれないと、緊張で胸が高鳴る。

なにか、聞きたいこと……。聞きたいことは、確かにある。

『未来を変えるには、どうすればいいですか？』

だけどそれを、私がトキさんに聞いていいのかわからない。

思わずすがるように雨先輩を見つめれば、先輩はまっすぐにトキさんへと視線を向けたまま、動かなかった。

雨先輩……？

一瞬不安を覚えたけれど、唐突に小さくため息をこぼした雨先輩は、なにかを確かめるように、ゆっくりと口を開いた。

「……ばあちゃん、教えてほしいんだ。未来を変えるには、どうすればいいのか」

やっぱり雨先輩は、その答えを聞きに、ここへ来たんだ。

思わず制服の胸の辺りをギュッと掴めば、その手がほんのりと湿っていることに気がついて、喉が鳴った。いつの間にか、口の中がカラカラに乾いている。

どうしてトキさんが未来を変える方法を知っているのかはわからない。もしかして、トキさんにも未来を見るという特別な力があるんだろうか。

再びゆっくりと視線を移してトキさんを見た。

まっすぐに雨先輩を見つめているトキさんの顔を眺めていると、少しの間沈黙を守っていた彼女は不意に結んでいた唇を解いて、小さく息を吐き出した。

「蒼ちゃん。私が知っていることは、あなたがこの街に来た時に話したことがすべてよ」

雨先輩が、この街に来た時。それは、雨先輩が転校してきた今年の夏のことを言っているのか、それとも……それ以前の話なのか。

「あなたの特別な力は、代々、雨宮家に伝わる言い伝えのとおり。数十年に一度、雨宮に生まれる子に授けられる〝特異〟なの」

雨宮家に伝わる、言い伝え……。

それが、なんなのか。私には難しいことはわからないけれど、トキさんの言う『特異』が、雨先輩の〝未来を見る力〟だということだけはわかった。

「その特異を持って生まれた者は、善行に力を使いなさい。世のため、人のために力を使いなさい。もし特異を悪行に使おうとするならば、その者には災いがもたらされることでしょう」

つまり、未来を見る力を悪いことに使えば、よくないことが起こるということなのだろう。

だとすれば、むやみやたらに未来を見たら、いいことなんて、ひとつもないじゃない。本当に、知れば知るほど不便な能力としか思えないんだけど……。

「だからね、あなたには小さい頃から言っていたでしょう。よほどのことがない限り、他人に自分の特別な力のことを話してはいけないと」

諭すように言ったトキさんの言葉には、雨先輩を想う気持ちが痛いほど溢れていた。

「あなたになにかあってからでは遅いの。あなたのその特別な力が世間に知れたら、あなた自身にも多くの危険が及ぶかもしれない」

そうか。今までは、そんなこと思いもしなかったけれど、雨先輩のこの特別な力のことが世間に知れたら、それはそれは大変なことになるだろう。雨先輩の力を使って、なにか悪いことをしようと思う人が現れるかもしれない。トキさんの言うとおり、雨先輩自身にもなにか、危ないことが起きる可能性もある。

「わかってる。だから俺は今日まで、なるべく他人と関わらないように生きてきた」

噛みしめるように言った雨先輩は、視線を下へと静かに落とした。

「それなら──」

「だけど、そのせいで……未来が見えるこの力のせいで、今日まで俺はずっと、孤独だったんだ。誰にも自分の本音を言えずに、ずっとずっと孤独だった」

再びゆっくりと雨先輩が顔を上げる。同時に、不意に右手が温かいなにかに包まれた。

「……っ！」

慌てて視線を下に落とすと、右手が雨先輩の左手と繋がっている。

ギュッと力強く握られた手。身体が沸騰したように熱くなって、顔が熱を持っていくのがわかった。

雨先輩……？

困惑しながら雨先輩を見上げれば、視線と視線が交差する。私を見て優しく微笑んだ彼と目が合った瞬間、心臓がドクドクと大げさに高鳴り出して、息をするのも苦しくなった。

「人の未来を見ることのできる、この特別な力のことを自分から話したのは、家族を除けば美雨が初めてだ」

「え……」

「美雨に出逢《であ》って、美雨の未来を見て、美雨に触れて……俺の中で、なにかが変わった。臆病で、逃げてばかりの自分を変えてみたいって、そう思ったんだ」

まっすぐに、向けられた瞳。繋がれた手のぬくもりと言葉に、私の胸いっぱいに優しさが広がって、思わず目に涙がにじむ。

「美雨のために、なにかしたい。美雨と一緒に美雨の未来を守りたいって、今は心の底から思ってる。だから、俺たちはここに来た」

力強く放たれた声が、心の奥に突き刺さった。

ああ、雨先輩が言ったとおり、雨先輩と私はよく似ている。臆病で、現実から目を逸らして自分の殻の中に閉じこもり、手のひらをすり抜けていくものを〝仕方のないこと〟と諦めていた。

だけど結局、いつまでもそうやって、殻の中に閉じこもり続けるわけにはいかないのだ。いつか殻を破って外の世界へと足を踏み出さないといけない。そのためにも、自分自身と、周りと、向き合わないと。それは自分以外の人には決してできないことで、自分だけができることだから。

「美雨の、未来を変えたい。だから、ばあちゃん、俺に教えてほしい。どんな些細なことでもいいから、ばあちゃんが知っていることを全部、俺に――」

繋いだ手に力を込める。ギュッと握り返された手が、私にも前を向くための勇気をくれた。

「お願いします！　なにか少しでもいいので、知っていることがあれば、雨先輩と私に教えてください……!!」

雨先輩が言い切るより先に、私はトキさんに向かって叫ぶと深々と頭を下げた。

「……美雨」

「私、自分の未来を変えたいんです!!」

未来を変えたいと願ったのは私だ。雨先輩に、その方法を知りたいと迫ったのも私。だから今さら私が怖じ気づくわけにはいかないし、私にはもう怖じ気づいている時間もない。とにかく今は、未来を変えるための手がかりが欲しい。

「もしかして、あなたが――」

けれど、トキさんがなにかを言いかけた時、突然、ガタンッ！と、部屋に大きな音が響いた。

「え……っ」

向かい合って座っていた私たちは、慌てて音のした方へと振り向く。

すると、そこには先ほどエレベーターの前でぶつかった男の子が立っていて、私たちは思わず目を見開いて固まってしまった。

青白い肌が透けて見え、生気を失くした目が、なぜか雨先輩を見つめている。

「タクちゃん……いつから、そこに……」

動揺を乗せたトキさんの声が、短い静寂を破った。

「ジュースのペットボトルを忘れたから取りに来たんだ、そしたらトキさんの部屋の中から声が聞こえて……」

『タクちゃん』と呼ばれたその子は、呆然とする私たちを尻目に部屋に入ってくると、雨先輩の前で足を止めた。

「ジュースのペットボトルなら、そこに」

テレビ台の上に置かれた飲みかけのペットボトルを見つけた雨先輩が男の子から目を逸らして、答える。

「そんなことより……兄ちゃん、今の話、本当か？　本当に人の未来が見えるのか？」

けれど次の瞬間、私の喉の奥が小さく鳴った。

「誰の未来でも、見れるのか？」

それは、雨先輩の力を知られてしまったという戸惑いだけでなく、目の前のすがるような烈々《れつれつ》たる目を見てしまったからだ。

エレベーターで会った時の、どこか冷めたような目ではない。まるで藁《わら》をも掴むように必死に雨先輩を見つめる男の子は、固まったままの先輩の腕を強く掴むと大きく揺らした。

「なぁ、未来、見えるんだよな⁉」

手が震えている。その男の子――タクちゃんは、一度だけ唇を噛みしめてから意を決したように、ゆっくりと口を開いた。

「俺の、未来を見て」

細い喉から放たれた力強い声が、私の鼓膜を激しく揺らした。

「お願いだから。俺がいつ死ぬのか、教えて！」

窓の外で、黄金色の葉が揺れる。

思いもよらない言葉に私は驚き、呆然としたまま、しばらくその場に留まることしかできなかった。

土曜日の希望

「美雨、昨日は本当にごめんね。お母さん、結局帰ってくるのが遅くなっちゃって」

土曜日の朝。昨日夜中に帰ってきたお母さんは、疲れているであろう身体を休める間もなく出勤の準備をしていた。

お母さんが謝る必要なんて、ひとつもない。昨日は病院の近くであったらしい火災のせいで、急患が何人か重なったりと、いろいろあって帰りが遅くなってしまったのだ。

お母さんは自分の職務をまっとうしただけ。高校生にもなれば、それくらいのことちゃんとわかっているし、夕飯だって自分でなんとかできるから、そんなことでイチイチ怒ったりしない。お母さんが自分の時間と身を削りながら毎日がんばっていることだって、私は痛いほど知っているからなおさらだ。

「仕事なんだから仕方ないよ。私だってもう子供じゃないんだし、ご飯くらいは自分で用意できるから大丈夫」

今日も玄関で立ちすくんでいると、通勤用の靴を履き終えたお母さんが申し訳なさそうに眉尻を下げた。

「でも……昨日は、大切な話があるって言ってたでしょう？　それを聞く約束だったのに聞けなかったから」

　チクリと、胸が痛む。

　お母さんが一番気にしているのはそのことだろう。私が昨日の朝、『大切な話がある』なんて言ったせいだ。滅多にそんなことを言わない私が、思わせぶりなことを言ってしまったから、お母さんは夕飯のこと以上に気に病んでいる。

「大切な話っていっても、そんな大した話じゃないから」

「でも……」

　こういう時、つい強がってしまうのは私の悪い癖だ。逃げ出したくなる気持ちを抑えて、私は強く拳を握った。

「進路の、話なの」

「進路の話？」

「……うん。お母さんに相談したいことがあって、それで」

　視線を足元へと落としてまばたきをすると、熱が奪われていくように足先が冷たくなった。ドクドクと大げさに鳴る心臓がうるさい。

　お母さんがどんな反応をするのかわからなくて、柄にもなく緊張して手が震えた。

「忙しいのに、ごめんんね。ホント、大した話じゃないの。だから――」

「バカね、美雨は」

けれど、そんな私の心の内を見透かしたように、頭にぬくもりが触れた。

顔を上げると、私を見て優しく微笑むお母さんがいて、目が合う。

「お母さん……？」

「すごく大切な話じゃない。美雨の未来に繋がる、とても大切な話」

そう言ったお母さんが、小さい頃にしてくれたように優しく頭を撫でるから、それだけで、握りしめた手から力が抜けた。目の奥が熱くなって、冷たくなった身体がじんわりとぬくもりを取り戻す。

「もう、そんな顔しないの」

私を見て柔らかに笑ったお母さんは、愛おしむように私の頭を撫で続けた。

「進路のこと、お母さんに話す気になってくれて、すごく嬉しい。お母さんも、ずっと気になってたんだ。ほら、来年は美雨も高校三年生だし、そろそろ本格的にそういう話になるかなって思ってたの」

涙がまぶたの壁を越えて、こぼれ落ちそうになった。

お母さんに、なんと返事をしたらいいのかわからない。だって、私はもしかしたら、その未来を見ることはできないかもしれないのだ。

このままだと、私に残された時間はあと二日。当たり前に迎えるはずだった高校三年生の未来は、私には訪れない。

「お母さん、私……」

「わかった！　じゃあ、今日こそ必ず早く仕事を終わらせて帰ってくるから。そしたら、いろいろ話そうね！　お母さん、美雨の話を聞くの、楽しみにしてる」

思わず、お母さんにすべてを打ち明けてしまいそうになった。だけどまさか、言えるはずもない。私があと二日でこの世界からいなくなり、お母さんとは一緒にいられなくなってしまうなんて、口が裂けても言えるはずがないのだ。

「じゃあ、いってきます」

家から出ていくお母さんの背中に、「いってらっしゃい」と小さく返事をしてから、誰もいなくなった玄関をぼんやりと見つめた。

足元に並んでいるのは、お母さんと私の靴。今日まで、たったふたりで私たちが一緒に歩いてきた証だ。

「……っ」

いつの間にか、涙のしずくが頬を伝ってこぼれ落ち、床に小さなシミを作った。

お母さん……ごめんなさい。お母さんをひとり残していく自分は、どうしようもない親不孝者だ。

私は並んだ靴を眺めながら、静かに唇を噛みしめた。

「急がなきゃ……」

お母さんを見送り、こぼれた涙を拭いて、ひととおりの準備を終えた私は足早に家を出た。

向かったのはお母さんと同じ、お母さんが働く病院だ。

病院に着くとロビーを抜け、エレベーターに乗って四階で降り、昨日も訪れた雨先輩のおばあちゃん――トキさんの病室の前で足を止める。

「だから！　早く俺の未来を見てよ！」

扉に手をかけた瞬間、中から声が聞こえて、思わずその場に立ちすくんだ。

「兄ちゃん、未来が見えるんだろ！　だったら、俺の未来を見てよ！　俺がいつ死ぬのか、教えてくれって言ってるんだ!!」

怒気をはらんだ男の子の声に、昨日と同様に胸の奥がざわついて、伸ばした手を引っ込めてしまいそうになる。

「だから、それはきみの聞き間違いだよ。俺はそんなことできないし、そもそも、そんなことができる人間がいるわけないだろ？」

そして、男の子――タクちゃんの声に返されたのは、穏やかな雨先輩の声だった。

恐る恐る扉を開けて、隙間から顔をのぞかせれば、ふわりとムスクの香りが鼻をかすめる。

「あ……」

突然の私の登場に、トキさんと雨先輩、タクちゃんが一斉に私の方へと振り向いて、思わず喉がゴクリと鳴った。

……とっても、入りにくい。

私は姿勢を低くしたまま一度だけ小さく頭を下げると、怖々《こわごわ》と部屋の中へ足を踏み入れた。

「なぁ、アンタ。アンタは、この兄ちゃんに未来を見てもらったんだろ!?」

「う……」

案の定、私が部屋に入ってきた瞬間、タクちゃんは再び声を荒らげて迫ってきた。

ああ、やっぱり……。

昨日もまったく同じことを聞かれて必死にごまかしたけれど、どうにも収拾がつかなくなったから、私と雨先輩は逃げるように病室を出たのだ。

おかげで、肝心の『未来を変えるためのヒント』については、なにも聞けずじまい。

だからこそ今日もこうしてトキさんのところに来たのだけれど、このままだと昨日の二の舞になりそうで頭が痛くなる。

「この兄ちゃんは、未来が見えるんだろ!?」

「い、いや……だからそれはね、昨日も雨先輩が言ったとおり、タクちゃんの勘違いで……」

　両手を身体の前に突き出して、続く言葉を必死に頭の中で模索したけれど、うまい言い訳が浮かばない。

「勘違いなんかじゃない。俺はこの耳で聞いたんだ！　それともお前、俺は耳まで病気だとでも言いたいのかよ！」

「ち、違うよ！　そうじゃなくて、ただ……」

「俺は、確かに聞いたんだ。兄ちゃんが人の未来を見ることができるって、確かに聞いた！」

　まっすぐに私を見るタクちゃんの目はひどく真剣で、苛立ちの色がにじんでいた。

　中学一年生とは思えない気迫に、私も雨先輩も、どうしたらいいのかわからなくて困惑するばかりだ。

　なにより、タクちゃんの未来を見てほしい理由が〝自分がいつ死ぬのか教えてほしい〟ことだというのが、私たちを余計に戸惑わせている。

『いつ死ぬのか教えてほしい』なんて、私だったら怖くて絶対にそんなこと聞けない。そもそも、どうしてそんなことを聞きたいのかもわからないし、相手が自分よりも小さな男の子だという事実が胸を締めつけた。

「俺、別に未来を見てもらったからって、誰かに言いふらしたりしないよ！　ただ、自分の未来を知りたいだけなんだ！　自分がいつ死ぬのか、それだけ教えてほしいんだよ！」

「だから、それは何度も言うようだけど……」

雨先輩も、言葉に詰まってしまっている。

「お願いだよ、俺がいつ死ぬのか教えて！　ねぇ、お願いだから教えてよ!!」

結局、困惑してばかりいる私たちの代わりに返事をしてくれたのは、トキさんだった。

「タクちゃん。自分が死ぬなんて、そんなこと簡単に口に出さないで」

トキさんの声に、タクちゃんがハッとしてからベッドの上へと視線を移した。

「言葉には、特別な力があるの。人を傷つけることも、自分を貶《おとし》めることも簡単にできてしまう。だからこそ私は、不用意な言葉をあなたに使ってほしくない」

「で、でも……」

「私はタクちゃんが大好きだから、タクちゃんの口から死ぬだなんて聞くと悲しいわ」

諭すような、諌《いさ》めるような物言いに、タクちゃんの勢いが奪われた。眉根を寄せ、視線を下に落としてしまった彼の拳は小さく震えていて、胸が行き場のない切なさに包まれる。

「……でもさ、トキさん。トキさんだって、わかってるだろ。俺にはもう、時間がないってこと」

「それは、最後までどうなるかわからないでしょう？　だって、タクちゃんは今生きている。自分の病室から歩いてここまで来れているじゃない」

「それだって……きっと、すぐに、できなくなるよ」

語尾をすぼめ、弱々しく言うと、タクちゃんはうつむいた。

ギュッと握られた拳と小さな身体は震えていて、途端に私の心が不穏の雲に覆われる。

「……そのうち、俺の身体は今よりもっと悪くなって、寝たきりになる。もう二度と、病院から出られなくなる。たくさんのチューブに繋がれて、ご飯も食べられなくなって……話すことさえできなくなって、そのまま死んじゃうかもしれない」

それは、初めて知る、タクちゃんの身体のことだった。思いもよらない……とは言い切れない、タクちゃんの現実だ。

「なに言ってるの。ドナーさえ見つかれば、タクちゃんは元気な身体に戻れるって、お医者様がおっしゃっていたでしょう？」

「それだって、必ずって保証はどこにもないよ」

「それは、生きている人にならば誰にでも言えることよ。タクちゃんだけじゃない。今健康でいる人だって、これから先の保証なんて、どこにもないわ」

凛とした声で言ったトキさんの目は、まっすぐにタクちゃんへと向けられていた。

「でも!!　少なくとも、ここにいるコイツらは、俺やトキさんよりマシだろ!?」

けれど何事にも達感しているトキさんですら、今のタクちゃんを鎮めることはできなかった。

「……タクちゃん」

「俺、もうこれ以上待ちたくないよ！　もう待つのも期待すんのもうんざりなんだ!!　待って、待って待って待ち続けて……もしかしたらって期待ばっかりして、いったいいつまで待ち続けたらいい!?　いつになったら、俺は期待しなくてよくなるの!?」

タクちゃんの目からこぼれた涙が、音もなく冷たい床に落ちていく。

「こんなにつらいなら、もう二度と期待もしたくないし、希望も持ちたくない！　だから俺は、未来を見てほしいって言ってるんだ！　早く諦めたいから、未来を知りたい。いつも……いつもそうだっ。どうして誰も、俺の気持ちをわかってくれないんだよ!!」

「タクちゃん……!!」

強く拳を握りしめ、悲痛な叫びを残したタクちゃんは、そのまま部屋を飛び出していった。

そんな彼の背中をトキさんは青白い顔で見つめていて、私の隣に立つ雨先輩もただ悲しげに、タクちゃんが出ていった扉を静観している。

音のなくなった病室に、タクちゃんが残した声だけが蜃気楼《しんきろう》のように揺れていて、息をするのも苦しかった。

「ああ、どうしましょう……タクちゃんが……」

震える声を吐き出して、トキさんが両手で口元を覆う。その様子を視界の端に捉えながら、私は自分の胸の高鳴りに耳を澄ました。

……タクちゃんの身体は、重い病に冒されているんだ。さっきトキさんが言ったように、ドナーが必要で今のままでは厳しい状態なのだろう。

タクちゃんとエレベーターでぶつかった時のことを思い出す。

青白い肌、随分と華奢な身体、生気のない目、冷たい瞳、やけに大人びた態度。どれもタクちゃんの身体と現状を表していて、苦しみを全身で訴えていたのだ。

『自分がいつ死ぬのか、それだけ教えてほしいんだよ！』

そう言ったタクちゃんの声が、頭の中で何度も何度も木霊する。

タクちゃんはいったいどんな気持ちで、その言葉を口にしたのだろう。

どんな気持ちでタクちゃんは今日まで生きてきたのか……想像したら胸が痛くて、やるせない気持ちになった。

「あ……美雨!!」

気がついたら、足が自然と動き出していた。私は雨先輩の呼びかけも無視して、病室を出た。

鼻をかすめる消毒液のにおいと、冷たい空気。

走り出したい気持ちを精いっぱい押し込めてエレベーターホールに早足で行くと、エレベーター前に備えつけられたソファーの上で頭を抱えてうずくまるタクちゃんを見つけた。

「タクちゃん」

「……っ!?」

そばに寄り、声をかけると、タクちゃんの肩が大げさに揺れた。

恐る恐る、といったふうに顔を上げた彼の目には薄っすらと涙がにじんでいて、再び胸が締めつけられる。

「……隣、いいかな?」

私は返事を待たずに、タクちゃんの隣へと腰を下ろした。

顔を上げた先、病院の窓から見える空は今日も青く澄み渡っていて、それがやけに鬱陶《うっとう》しく感じる。

「なにしに来たんだよ……まさか、慰めに来たとか言うんじゃないだろうな」

案の定、吐き出されたのはひどく棘《とげ》のある言葉だった。

思わず苦笑いをこぼしてから緩く首を左右に振ると、私は再び窓の外に視線を戻した。

「心配だったから、ここに来ただけ」

「は……？」

「ただ、タクちゃんが心配だったんだよ」

思っていることを素直にタクちゃんへと伝えると、タクちゃんは怪訝《けげん》そうに眉根を寄せて私を見た。

タクちゃんが今、なにを考えているのか。タクちゃんの悲しみのすべてを私が理解することはできないし、一生わかり合えることはないだろう。下手に歩み寄ろうとしても、火に油を注ぐだけ。さらに辛辣《しんらつ》な言葉を渡されるだけだということは、わかっていた。

「なんなんだよ、お前……」

だけど私は、それでもタクちゃんを放っておくことができなかったのだ。

「ホント、なんなんだろうね」

タクちゃんからすれば、こんなの余計なお世話だろう。ウザイと言われるかもしれないけれど、ただただ心配で追いかけたのは本当だから仕方がない。

「同情とか、そういうのウザいから」

「……今まさに、それを言われるだろうと思ってたとこ」

思わず小さく笑うと、タクちゃんが苛立ったように舌を打った。

「あっそう、なら、さっさとどっか行けよ」

「どっか行くかどうかは自分で決める。それに、残念ながら同情とかしてないし」

前を向いたままキッパリ言い切ると、忌々《いまいま》しそうに私をにらむタクちゃんの目が視界の端に映った。

「嘘つくな。だったら、どうして追いかけてきたんだよ。どうせ、俺のことをまたかわいそうだと思ったから追いかけてきたんだろ。そんな理由でそばにいられるほうが、俺は何倍も迷惑だ」

「うん」

「お前なんかに、俺の気持ちがわかるわけない。お前みたいに普通に毎日を過ごせてるヤツに、俺の気持ちなんか――」

『わからない』とタクちゃんが言い切るより先に、私は言葉を放り込んだ。

「私、このままだと二日後に死ぬんだよね」

「は？」

「雨先輩に未来を見てもらったら、今度の月曜日に死ぬってことがわかったの」

タクちゃんに視線を戻してあっけらかんと笑えば、そんな私を見て、タクちゃんは驚いた表情のまま固まってしまった。

足元に差す光。先をたどれば長方形の窓があって、外には相変わらず鬱陶しいくらいにまぶしい太陽が輝いている。

「……う、嘘だろ。お前、どうせ嘘ついてるんだろ」

「うん。嘘ならいいのにって自分でも思うよ。でも残念ながら、嘘じゃないんだよね」

「ふ、ふざけんな！　だってお前、すげー元気じゃん！　二日後に死ぬなんて言われて、そんなの信じられるわけないだろ！」

声を荒げるタクちゃんは、ひどく困惑した様子で私を指差した。

「ね、ホント、タクちゃんの言うとおりだよ。自分でも、どうして健康そのものの私が二日後に死ぬことになるのか、未だに信じられない」

私がもう一度笑うと、タクちゃんは一瞬なにかを言いかけて、口をつぐんだ。

「雨先輩が言うには、事故なんだって。黒い塊……バスとか、トラックかな？　それが私めがけて突っ込んできて、そのまま死ぬみたい」

「事故……？」

「うん、事故。だから私はタクちゃんみたいに病気じゃなくても、このままだと死んじゃうんだ」

膝の上に乗せた手のひらを開くと、玉のような汗がにじんでいた。

「自分が死ぬかもしれないって言われた時は驚いて……すごく怖かったし、ショックだった。だって今までは、自分が死ぬなんて真剣に考えたこともなかったから」

淡々と言葉を紡ぐと、タクちゃんは息を殺したように押し黙ってしまった。

生きていれば、いつかは必ず誰にでも平等に訪れる〝死〟。だけどそれは〝いつか〟の話で、それがいつ来るかなんて誰にもわからない。

明日死ぬと言われた人が、五年後、十年後を生きることだってある。逆を言えば、昨日まで元気に笑っていた人が、今日になって突然、死ぬこともあるのだ。自分がいつ死ぬかわからないから、怖いとも思う。だけど、わからないからこそ人は、死を意識せずに毎日を平凡に過ごしていられる。明日も当たり前に訪れることを疑わずにいるから、人は今、笑っていられるんだ。

「自分がもうすぐ死ぬんだってわかってからは、一日たりともそのことが頭から離れなくなった。死ぬって言われてから、もしかしたらこれは全部嘘かも、とか、全部夢かもって、何度も何度も期待したよ」

〝死〟を身近に感じ続けることは、とても苦しかった。嘘であってほしい、明日目が覚めたら全部なかったことになっていてほしいと、夜が訪れるたびに願っていた。だけど、目が覚めた途端に思い知らされる。これは全部、夢じゃなくて現実なんだ、と。

「期待するたびに現実を見せられて、ああ、やっぱりダメなんだ……って、そのたびに絶望するの。それなのに、気がつけばまた、〝もしかしたら〟って、思ってる。今だってほんの少し、全部夢かもなんて思ってる自分がいて、バカだなぁって思って……その繰り返し。期待したら、期待した分だけつらくなるのにね」

偉そうに、『未来を変えたい』なんて言ったけど、気がつくとまた、こうして弱気になっている。だからといって、つらい〝今〟から逃げることもできない。

「ホント、嫌になるよね」

死という未来を待つだけなんて、ホント、嫌になる。それなのにまた期待しているバカな自分がいて、呆れを通り越して笑ってしまう。

「でもね……私、思ったの」

私は足を前に投げ出して、ソファーにもたれた。

隣に座っているタクちゃんは、ただ黙ったまま、そんな私の言葉に耳を傾けている。

「逆を言えば、人って、どれだけ絶望に立たされても、どれだけ裏切られても、性懲《しょうこ》りもなくまた〝期待〟ができる生き物なんだなぁって」

「え……」

思わず、といった様子で声を漏らしたタクちゃんは、目を見開いて私を見つめた。

今、私が言えることなんてきっと大したことではないけれど、それでも今、前を向いている私の気持ちは明確に、伝えられる。

「人間は、期待しながら生きる生き物なんだよ。残念ながら、生まれた時からそういうふうにインプットされてるの」

諦めたいけど諦められない。その一方で、頭ではわかっているのに行動に移せない。人間はいつも、多くの矛盾と闘いながら生きているから。

「それは、私とタクちゃんだけじゃないよ。誰でもそう。だからさ、もう余計なこと考えないで、私と一緒にもう少しだけ期待しない？　もしかしたら、もう少し長く生きられるかも……死なずに済むかもって、期待しようよ」

期待して、裏切られるのはとても怖いことだけど。

「たとえ裏切られても、期待のない毎日よりは、ずっといい」

不本意だけど、結局、もがいて、あがいて、走るしかないのだ。

頭の中を空っぽにして、『未来を変えたい』って叫んで、自分に言い聞かせる。しつこいくらいに、何度も何度も声にする。くじけそうになるたび言葉にして、前を向く。

「……っ」

唇を噛みしめたタクちゃんは、そのまま強く目を閉じた。

今、タクちゃんがなにを思っているかはわからない。私の言葉が届いたかどうかも、わからない。でも、タクちゃんにはもう一度、〝死〟ではなく〝生〟を期待しながら生きてほしかった。余計なお世話かもしれないけれど、最後まで生きることを諦めないでほしかった。

「……俺も、何度も期待して、何度も裏切られてきたよ」

その時、突然、頭上から柔らかな声が落ちてきた。

「……え？」

弾かれたように顔を上げると、数歩先に雨先輩が立っていて、思わず目を見開き固まってしまう。

「雨先輩……」

ふわふわと、隙間風に揺らされた髪が、彼の目元を露わにする。

いつから私たちの話を聞いていたのだろう。目が合うと、雨先輩は一瞬だけ切なげに微笑んで、再び、ぽつり、ぽつりと話を始めた。

「俺の母は、俺が中学校に上がる頃に亡くなって……それを機に、父は俺の特別な力を使って金儲《かねもう》けをするようになった」

唐突かつ衝撃的な告白は、私の心を深くえぐった。

「よく当たる占いだって嘘をついて、顔を見るだけで未来を言い当てることのできる〝人相占い〟だと、来る人たちを騙してた」

雨先輩の口から知らされた話に、自分の耳を疑ってしまう。

占い……それは、ユリの未来を見てもらった時に、私がついた嘘だ。あの時は、私に話を合わせてくれた雨先輩があまりにも嘘をつくのがうますぎると思ったけれど、それにはこんな理由が隠されていたのだ。

「父は、俺の力を自分の私利私欲のためだけに使っていた」

『たとえ美雨のためでも、嘘をついて他人を騙すのは心が痛むから、これっきりにしてくれると嬉しい』

ユリが去ってふたりきりになった後、雨先輩に言われた言葉が、今さらになって胸に刺さる。

「そして父は少し前に、膨大なお金と権力を手に入れようとして……命を落とした」

「え……」

「なんの予告もなく、心臓発作で死んだんだ。それが、家の言い伝えである悪行を行ったことの戒めなのかは俺にもわからない」

『特異を持って生まれた者は、善行に力を使いなさい。世のため、人のために力を使いなさい。もし特異を悪行に使おうとするならば、その者には災いがもたらされることでしょう』

それは昨日、トキさんに聞かされた雨先輩の力の秘密。

「俺は、それまで父がどこからか連れてきた人たちの未来を、何度も何度も〝見て〟

きた。もちろん明るい未来だけじゃない。真っ暗で、薄汚くて……目を背けたくなるような未来が、たくさんあった」

初めて聞かされる雨先輩の過去はほの暗く、湿っていた。

小さな田舎街に広がった、くだらない噂話じゃない。雨先輩自身から聞かされる、雨先輩の真実は……とても悲しい雨に濡れていた。

「俺は、何度も何度も『もう見たくない』『もうやめたい』って父に訴えたけど……そのたびに、父が言うんだ。『お前が見るのをやめたら、俺たちは母さんのように死ぬしかない。お前は俺を、殺す気なのか』……って」

『未来が見えても、いいことなんて、ひとつもない』

屋上で、雨先輩が言った言葉の本当の意味を知る。

あの時、雨先輩はどんな気持ちで、その言葉を口にしたのだろう。見たくはないものばかりを見て、本当に見たいはずのものは、なにひとつ見えなくて。

雨先輩は、暗闇の中を歩いていたんだ。たったひとりで、ずっと、ずっと真っ暗な道を歩き続けていたのだ。

「父に力を利用されている間、何度も何度も、もしかしたら父が改心してくれるかもしれない、昔のように戻れるかもしれないって期待してたよ。だけど結局、その期待が叶うことはなかった。そうやってひとりになった俺を、母方のばあちゃんが家に来いって呼んでくれて今がある。それが、今年の夏の話。でも……その後すぐに、ばあちゃんも身体を悪くして入院したんだ」

期待して、裏切られて。それでも期待を捨てられずに、歩き続けてきたのだろう。そしてやっと見えた光も、雨先輩をまた暗闇へと引き戻した。

それは先輩が、お父さんの言いなりになって力を悪行に使ったせいなの？　だとしたら、あまりにも神様は不平等で、残酷すぎる。

「俺が、ばあちゃんの唯一の家族だからって病院に呼ばれて、医者からいろいろと説明された。それから……ああ、ばあちゃんがいなくなったら、俺にはもうなにもないんだって思ったら、なんか、全部がどうでもよくなった。そして、なにもかもが嫌になった俺は……学校の、屋上に向かった」

脳裏をよぎるのは、初めて雨先輩と言葉を交わしたあの日のこと。どこか遠くを見る雨先輩の寂しそうな目。

あれから毎日のように屋上に来ていた先輩は、もしかして……いつでもすべてを手放せる準備をしていたのかもしれない。

「別に、今すぐ死のうと思っていたわけじゃない。だけど、いつ死んでも構わないとは思ってた」

私は凍える手を膝の上で強く握りしめた。雨先輩の言葉を一言一句《いちごんいっく》逃さぬようにと必死に耳を澄まして、息を殺す。

「だけどある日、俺は俺と同じ〝未来を失った女の子〟に出逢ったんだ。半ば投げやりになりながら、彼女の未来を見た。そしてそのせいで、彼女の運命を大きく変えてしまって……初めはそんな彼女への罪悪感で、彼女が死ぬまでの一週間、できる限りのことをしなければと思ってた」

その時の光景は、ハッキリと私の脳裏に焼きついている。

「最初はせめてもの罪滅ぼしで、自分にできることはなんでもしようと思ってた。だけど今は、違う。今は罪悪感とは違う気持ちで、俺は彼女と一緒にいる」

「え……」

ふっと、柔らかに笑った雨先輩は、私を見つめて目を細めた。

「美雨と一緒にいるうち、俺は自然と、美雨の未来を守りたいと思うようになった」

雨先輩……。

気がつけば、涙のしずくが頬を伝ってこぼれ落ちていた。ぽたり、ぽたりと手の甲を濡らす優しい雨が、私の心を何度も何度も叩いている。

「美雨に、この先もずっと生きていてほしい。今はそのためなら、なんでもしたいと思ってそばにいる」

涙をぬぐうことも忘れて、私は必死に唇を噛みしめた。

「美雨は、俺の生きる理由だ」

雨先輩は、いつだって唐突で、予測不可能だから。まさか先輩が、そんなふうに思っていてくれたなんて、思いもしなかった。

私はきっと、先輩に『生きる理由だ』と言ってもらえる人間じゃない。それでも今は、そう言ってくれる人がそばにいることが……とても、嬉しい。

「……きみ」

不意に、私から視線を外した雨先輩は、今の今まで黙りこくっていたタクちゃんへと言葉を投げた。

「え……」

「きみの望みどおり、今からきみの未来を見てあげる。ただし、その代わりに、ひとつ約束してほしい」

突然のことに、大げさに肩を揺らして固まったタクちゃんは、ゴクリと喉を鳴らして雨先輩を見つめた。

「や、約束してほしいことって……？」

「今から俺が見たきみの未来が、たとえどんな未来でも、最後まで精いっぱい生きること。『がんばれ』なんて言わない。ただ、最期を迎えるその日まで、生きることを諦めないでほしい」

そこまで言うと、雨先輩はまっすぐにタクちゃんの瞳の奥をのぞき込んだ。

意識が、蒼い海の底のような場所に、深く、深く沈んでいく。目の前の世界が真っ青に染まった瞬間、身体が浮いて、ああ、また雨先輩は未来を見ているのだ……と、漠然と感じた。

雨先輩は、また傷ついてしまうのだろうか。タクちゃんの未来を見て……苦しむかもしれない。

けれど沈む意識の中で、ぼんやりとそんなことを思った時、突然弾けるように自分の視界が明るく開けた。

「え……雨、先輩？」

慌てて視線を戻した先、呆然と立ちすくむ雨先輩の瞳からひと筋の涙がこぼれ落ち、私はゴクリと喉を鳴らして押し黙った。

今、間違いなく雨先輩はタクちゃんの未来を見たはずだ。どんな未来かはわからないけれど、先輩はタクちゃんの命の行方を知っている。

「に、兄ちゃん？　俺……」

「……大丈夫。もう、すぐそこまで来てるよ」

唐突に口を開いた雨先輩は、柔らかに目を細めて笑った。

「え？」

「もう、本当にすぐそこまで。もうすぐ届くよ、きみの未来」

雨先輩の言葉と同時に、突然、目の前のエレベーターの扉が開いた。

するとの中から女の人が転がるように飛び出してきて、私たちを見て目を見張る。

「え……あ、ああっ！　タクちゃん、こんなところにいた!!」

「わ……っ、さ、榊さん!?」

「お、お母さん？」

「え……」

私がこぼした言葉に目を見開いた雨先輩。タクちゃんは呆気にとられた表情で、ナース服に身を包んだ私のお母さんを見つめていた。

「なんで俺が、この階にいるって……」

「もう！　多分、トキさんのところじゃないかなと思ったのよ！　はぁ……見つかってよかった。本当に捜したんだから!!」

久しぶりに見る看護師としてのお母さんは、相変わらずキラキラと輝いていた。けれどお母さんは私には目もくれず、興奮しきった様子でタクちゃんの手を強く掴む。

「見つかったの！　ドナーが!!」

「え……」

「タクちゃんのドナーが見つかったのよ!!　それで今、タクちゃんはどこにいるのかって、タクちゃんのご両親と私とで捜し回っていて……」

その言葉を最後まで聞くより先に、私の目からは涙のしずくがこぼれ落ちた。

そっと隣を見てみれば、タクちゃんの目からも大粒の涙がこぼれ落ちていて息が詰まる。

「あ……雨先輩」

思わず名前を呼ぶと、柔らかな空気をまとった雨先輩の目が私へと向けられた。

「うん？」

雨先輩は、『未来が見えても、いいことなんて、ひとつもない』と、言っていたけれど……。

「い……いいこと、ひとつ、ありましたね」

そう言って泣きながら笑えば、雨先輩も「そうだね」と嬉しそうに、微笑んだ。

「もう、驚いちゃった。まさか、美雨がいるなんて思わなかったから」

タクちゃんと別れた後、トキさんの病室に戻ってきた私は今さらになって、ここがお母さんの働く病棟であることを思い知らされた。

トキさんの状態を診ながら、お母さんが呆れたように笑って私と雨先輩を交互に見る。

なんとなくいたたまれなくなった私は視線を下に落としたまま、小さくなってしまった。まさか、お母さんとこんなふうに遭遇するなんて……。

そりゃあ、今私がいる場所はお母さんの職場で、お母さんと会うことだってあり得るけど、あまりに突然すぎて心の準備ができていなかったのだ。

雨先輩とのことも、私がここにいる理由も、どう説明したらいいのかわからないし……なにより、雨先輩の気持ちを思うと、いたたまれない。

「美雨ちゃんは、うちの孫のお友達なんですって。今日は、孫が私の話し相手にって連れてきてくれたのよ」

そんな私の心情を察したように助け舟を出してくれたのは、トキさんだった。

トキさんの言葉に、お母さんが腕時計を確認していた顔を上げて目を丸くする。

「あら、そうなの？　美雨、そんなこと全然教えてくれないから」

「最近仲よくなったみたいでね、美雨ちゃんもお母さんに話しそびれちゃったんじゃないかしら」

「確かに、ここのところゆっくり話す時間が取れなかったので……。だけど、そうだとしても美雨ったら、来るなら来るで、朝、ひとこと言ってくれたらよかったのに」

拗《す》ねた様子で言うお母さんに、トキさんがくすくすと笑った。

「きっと、お母さんの仕事の邪魔をしたくなかったのよ。でもまさか、蒼ちゃんが連れてきた子が榊さんの娘さんだなんて、こんな素敵な偶然、なかなかないわね」

言いながらトキさんは、私を見て柔らかに微笑んだ。

なんとなく気恥ずかしくなって口をつぐんだ私は、逃げるように隣へと視線を移す。すると私と同様、口をつぐんで立ちすくんでいた雨先輩にたどり着き、思わずそのまま視線を止めてしまった。

お母さんにエレベーター前で声をかけられてから、この病室に戻ってきて今の今まで、雨先輩は一度も口を開いていない。それどころか、ぼんやりとしたまま、心ここにあらずといった様子だ。

「ねぇ、美雨。もしもまだトキさんのところにいるようなら、この後、お昼ご飯を一緒に食べない？　お母さん、あと十分でお昼休憩だから」

反対に、心なしか声を弾ませたお母さんは、手際よく手元の仕事道具を片付けていた。

「え……いいの？」

「うん。久しぶりに、一階の食堂で一緒にお昼食べよ。蒼くんも、もしよかったら一緒にどう？」

お母さんからの問いかけに、ようやくハッとしたように目を瞬かせた雨先輩が、驚いて肩を揺らした。

「せっかくなら、普段の美雨の学校での様子とか、いろいろお話を聞かせてくれると嬉しいな」

突然の誘いに、雨先輩は絶対に困惑している。自分が未来を見たことで〝死〟と隣り合わせになってしまった人の親と食事だなんて……身の置き所がないだろう。

ほんの少し開いた窓から滑り込んできた風が雨先輩の髪を優しく揺らすと、ムスクの香りが宙を舞った。雨先輩のことを思えば、やっぱりお母さんの誘いは断ったほうがいいかもしれない。

「でも……」

「せっかくだから、ご一緒してきたら？　私との話は、その後にゆっくりしましょう。美雨ちゃんも、また後でね」

一瞬、なにかを言いたそうに唇を動かした雨先輩をトキさんが制する。結局、有無を言わさぬトキさんの様子に観念したのか、雨先輩は視線を下に落としてから「……はい」と小さくうなずいた。

「よかった！　ああ、嬉しいな！」

お母さんは、言葉のとおり本当に嬉しそうに笑っている。

雨先輩には、本当に申し訳ないけれど……私も、看護師姿のお母さんと少しでも長い時間一緒にいられることが、嬉しかった。

「美雨は、本当にオムライスが好きねぇ。よく飽きないわね」

アイボリーのトレーを手に持ちながら、お母さんは私の手元を見て呆れたような息をこぼした。

一般的なファミレスほどの広さの食堂は、決してオシャレとは言えないけれど、いかにも病院内の食堂らしい、清潔感と簡素感を漂わせている。

小さい頃、おじいちゃんのお見舞いのために病院を訪れた時に、何度か食堂を利用したことがある。あの頃は子供心にメニューに物足りなさを感じた記憶があるけれど、今思えば病院内の食堂に、ファミレス並みのメニューの充実を求めるほうがどうかしていた。

それでもその中で、私は毎回決まってオムライスを頼んで食べていて、一緒に来ていたおばあちゃんを、今のお母さんのように呆れさせたものだ。

「だって、オムライスっておいしいんだもん」

「はいはい、ホント、昔から変わらないんだから」

ぐるりと席を見渡せば、お見舞いに来たらしい人たち、お母さんと同じようにお昼休憩中の看護師さんやお医者さん、従業員さんたちが、それぞれに食事をとっていた。

食券を買い、トレーに載った料理を受け取った私たちは、偶然空いていた窓際にある四人がけの席へと腰を下ろした。

真横にある大きな窓からは敷地内の庭が見えて、黄金色に輝く銀杏の葉がキラキラと陽の光を浴びながら揺れている。

正面にお母さんが座り、私の隣に雨先輩が座るという図式で、今まさに「いただきます」と、手を合わせようとしたところで……。

「それで、ふたりは付き合ってるの？」

唐突にそんなことを尋ねられ、私は水の入ったグラスを手に、盛大にむせてしまった。

「……っ、け、ケホッ、ゴホッ！」

「やだ、美雨ったら汚いわね」

「お、お母さんが急に変なこと言うからでしょ‼」

慌ててお手拭きの袋を開けて口元を押さえると、お母さんは慣れた手つきで紙ナプキンを取り、水のこぼれたテーブルを拭いていく。

「だって、トキさんがふたりは最近仲よくなったらしいって言うんだもの」

「な、なんでそれだけで、付き合ってるってことになるの⁉」

「えぇー、高校生の男女が仲よく相手の家族のお見舞いに来てたら、そうなのかなって思うじゃない。だって、自分にとって特別じゃない子を大切な家族にわざわざ会わせようなんて思わないわよ。ねぇ、蒼くん？」

からかうような口調で言うお母さんを前に、思わずギクリと肩を揺らして隣を見た。

そうすれば私と同じくオムライスを頼んだ雨先輩が、スプーンを持ったまま顔を赤くしながら固まっていた。

な、なんで、そこで顔を赤くするの。ちょっとくらい否定してくれたっていいのに、そんな顔しないでよ！

「別にね、隠さなくていいのよ？　お母さん、全然、反対とかしないもの」

「だ、だから……！」

とはいえ、この状況で、彼氏じゃないと叫ぶことは難しかった。だって、もしそう反論したとして、今のこの状況をなんと説明したらいいのかわからない。

彼氏じゃないなら、お母さんの言うとおり、どうして休日の今日、わざわざお見舞いに来たのか……。最近仲よくなったばかりの友達なのに、その友達の家族のお見舞いに来るなんて違和感がありすぎる。

「あー、若いっていいなぁ」

お母さんはすっかり、私と雨先輩が照れて隠そうとしているのだと思っているし。

むしろこのまま、付き合ってるから今日は雨先輩のおばあちゃんのお見舞いに来た、ということにしたほうが、いろいろとスムーズに状況を切り抜けられる気がする。

だけど、そうはいっても……この針のむしろのような状況に、心がついていけないいのだ。せめて雨先輩がひとことくらいフォローしてよと思うけど、先輩は相変わらず固まっていて心許《こころもと》ない。

「それにね、お母さん、トキさんからよく蒼くんの話を聞いていたから、美雨の彼氏が蒼くんだったら嬉しいなぁって思うの」

頬杖《ほおづえ》をつきながら、ふふっと小さく笑みをこぼしたお母さんは雨先輩を見つめていた。

「トキさん、私によく言ってるのよ。孫の蒼は、毎日学校帰りにお見舞いに来てくれるような優しい子で、目に入れても痛くない自慢の孫なんだ……って」

その瞬間、ふわり、と吹いた風が、窓の向こうの黄金色を静かに揺らした。

お母さんの言葉に、隣の雨先輩が小さく息を呑んだのがわかる。いつの間にかスプーンから離された手は膝の上で握られていて、音もなく震えていた。

「だからね、お母さん、今すごく嬉しい。美雨が選んだ相手が優しい人で、とっても嬉しいの」

柔らかに微笑むお母さんの目には、嘘は少しも混じっていなかった。

そんなお母さんから目を逸らしてうつむいている雨先輩は、なにかをこらえるように唇を引き結び、押し黙っていた。相変わらずテーブルの下に隠れている手は震えていて、胸の奥が苦しくなる。

雨先輩にとってトキさんは、たったひとりの家族で、行き場を失くしていた自分を受け入れてくれた人だ。温かく優しいトキさんがいたから、雨先輩は救われた。それなのにトキさんは身体を悪くして、入院していて……また、雨先輩は苦しんでいる。

先ほどの、タクちゃんとトキさんの言い合いや、雨先輩からの話を聞いた限りでは、トキさんの身体は随分悪い状態なのかもしれない。もちろん可能性はゼロではないけれど、今すぐ元気になれるような身体ではないのだろう。

「え、と……急に、ごめんね。ペラペラとひとりでしゃべって、野暮《やぼ》な詮索ばかりしちゃって……。突然、こんなこと聞かれても困るよねぇ？」

黙り込んでしまった雨先輩を前に、お母さんは雨先輩が気を悪くしたと思ったのだろう。申し訳なさそうに眉を下げると、苦笑いをこぼしてから「ご飯食べよう」と、改めてスプーンを握った。

その様子を確認してから、私は一度だけ強く拳を握ると小さく息を吐き、顔を上げる。

「すごく、優しい人だよ」

「え……？」

「雨先輩。お母さんの言うとおり、すごく優しい人で、私のことをいつも真剣に考えてくれるんだ」

私はまっすぐに前を向いて、迷うことなくそう言った。

突然のことに隣の雨先輩が弾かれたように顔を上げ、驚いたように私を見ている。

「私が困ってた時にね。先輩が声をかけてくれて、力になってくれたの」

私は前を向いたまま、ゆっくりと言葉を紡いでいく。

「今も、私のためにいろいろしてくれてる。私をひとりで悩ませないように、そばにいてくれるの」

「美雨……」

「雨先輩は、すごく優しい人。優しくて、すごく頼りになる人だよ」

お母さんも私を見て微笑むと、不思議と胸の奥がスッとした。

お母さんもまた、そんな私を見て「そう」と嬉しそうに微笑み、うなずいてくれた。

そういえば昔も、私はここで、同じようなことを言ったっけ。あの時は、そう、おじいちゃんのお見舞いのために、幼い私の手を引いて病院に連れてきてくれたおばあちゃんと、この病院で働くお母さんを前に、話をした。

今のように私の正面にはナース服を着たお母さんが座っていて、隣には、おばあちゃん。私はオムライスを前に、看護師として働くお母さんを見ながら言ったのだ。

『お母さんって、カッコいいね！　榊さんはすごく優しくて、すっごくすっごく頼りになるんだって、みんな言ってたよ！』

『私、将来はお母さんみたいになりたい！　看護師さんになりたい！』

「……っ」

幼い頃、満面の笑みで言った私の声が鮮明に蘇り、思わず逃げるように視線を下へと落としてしまう。

そうだ。あの時も今と同じように、お母さんは「そう」と嬉しそうに微笑み返してくれたんだ。

お母さんは、私の自慢だった。ずっとずっと、憧れだった。看護師として働くお母さんを初めて見たあの日から、たくさんの人に優しく微笑みかけ、たくさんの人に頼りにされ、困っている人のために働くお母さんが、私はとても誇らしかった。

私が産まれてすぐ、お母さんとお父さんは離婚した。原因は、お父さんの浮気だったと、おじいちゃんから聞かされた。それまで一度もお母さんは私に離婚の原因を話してくれたことはなくて、幼い私が尋ねると、『お父さんとは、一緒にいられない理由があったの』と、優しく諭すだけだった。

もちろんそれに、疑問を覚えなかったわけじゃない。小さい頃は、お父さんがいる友達をうらやましく思ったことだってあるし、寂しい思いもした。

それでも、私がなにを言おうと、お母さんは今日まで一度も私の前でお父さんのことを悪く言うことはなかった。

女手ひとつで子供を育てることが、どれだけ大変なことなのか、たった十七歳の私には想像することもできない。

だけどお母さんはいつでも私を守り、大切に育ててくれた。なに不自由ない生活を、周りのみんなと同じような暮らしを、私にさせてくれている。私が学校に通えるのも、ユリやカズくん、雨先輩と毎日を過ごせるのも、お母さんがいてくれたおかげだ。

大好きな、私のお母さん。今日まで、幼い私の手を引いて、自分のすべてを犠牲にしながら私に愛情を注いでくれた、大切な家族。

だからこそ私は、これ以上、お母さんにワガママは言えないと思ったのだ。

看護師になりたい。そのための学校に行きたい。

私がそう言えば、お母さんはまた自分を犠牲にして働き続けることになるだろう。私が夢を追いかければ追いかけるほど、お母さんに苦労をかけることになるのだと、ある日気づいてしまったのだ。

「……お母さん、私」

だけど、頭では理解しているのに、どうしても夢を捨てきれない自分がいた。

「うん？」

声をひそめてうつむいてしまった私を不思議に思ったらしいお母さんが、優しく聞き返してくれる。

本当は、看護師になりたいって、お母さんに打ち明けたい。そのための学校に通いたいと、伝えたい。

だけど、これ以上お母さんを困らせるようなこと、言えるわけがないよね。高校まで行かせてもらえただけで十分じゃない。これ以上なにかを望むことは、親不孝だ。

「私……」

うつむいたまま、唇をキュッと噛みしめた。

少しでもお母さんの力になりたいと思っているのなら、高校卒業と同時に働き始めたほうがいい。きっとそれが一番の親孝行になるはずで、そうすることでお母さんは、私という荷を下ろすことができるんだから。

だから……やっぱり、言えない。言いたくない。私は自分の夢よりも、お母さんのほうが大事だから。

「……ごめん、なんでもない。大丈夫だから、気にしないで」

私は自嘲して、ゆるゆると首を左右に振った。

「でも……」

「大丈夫！　ホント、どうでもいいことだから気にしないで！　あー、お腹空いた！早く、ご飯食べよ！」

けれど、私がそう言って笑顔を見せた瞬間、不意にスプーンを持った手を掴まれた。

「美雨」

弾かれたように顔を上げ、掴まれた手の先をたどれば、私をまっすぐに見据える黒い瞳があった。吸い込まれるようなその色に思わず息を呑むと、掴まれていた手に、そっと力が込められる。

「もう、逃げないって決めたんだろ?」

「え……」

「未来を変えるって、それは弱い自分に負けないってことだろう?」

雨先輩の言葉に、私は思わず視線を下に落として、喉の奥に言葉を詰まらせた。

「一緒に未来を変えようって、決めただろ」

風が、吹く。強く窓を叩きながら、何度も、何度も。

弱い自分に、負けたくない。だから私は、もう一度がんばってみようと思ったのだ。

今ある未来を変えようと、最後にもう一度だけ、希望を抱いて走っている。

だから私は、今ここで逃げたらいけない。今こそ自分に、向き合わなきゃ。私は、自分の未来を変えるために、今、ここにいるんだから。

「お、お母さん、私ね」

拳を強く握って顔を上げると、お母さんが優しく相槌《あいづち》を打ってくれた。

「うん?」

「私……看護師になりたい」

「え……」

突然の私の告白にお母さんは目を見開いていたけれど、もう、言葉を止めることはできなかった。

「小さい頃から、私、お母さんみたいな看護師になりたいって思ってた。お母さんみたいに、少しでも多くの人の助けになりたい。困っている人の力になれるような、看護師になりたいの！」

勢いのまま力強く言い切ると、お母さんは一瞬驚いたように固まってから、とても幸せそうに微笑んだ。

「……そう。話してくれて、ありがとう」

その言葉と、お母さんの笑顔を見た瞬間、涙のしずくが頬を伝ってこぼれ落ちた。

「なんだか嬉しいなぁ。美雨、確かに子供の頃は看護師になりたいって言ってたけど、最近はすっかり言わなくなったから。なにか別の夢でもできたのかなって、思ってたのよ」

心の底から嬉しいといった様子で話すお母さんの表情には、少しの嘘もない。

「おかあ、さん……」

でも、私が夢を追いかけたら、お母さんはまた大変な思いをするんだよ？　自分の時間を持つことも、まだまだ先の話になっちゃう。それなのにどうしてお母さんは、そんなふうに幸せそうに笑うの？　どうしてそんなふうに喜んでくれるの？

「美雨が話したいって言ってたのも、そのこと？　でも、それならお母さん、まだまだたくさんがんばらなきゃね！　美雨の夢、応援してる！」

サラサラと、風が木々を揺らす音がする。

「どうして……？　お母さんは、なんで私のために、そんなにがんばるの？」

「うん？」

「私が進学することに決めたら、お母さんはまた大変になっちゃう……。私が夢を追いかけたら、未来のお母さんにまた迷惑をかけることになるのに……っ」

思わずうつむいて唇を噛みしめれば、胸いっぱいに罪悪感が広がった。

ワガママを言っているのはわかってる。お母さんのことを悩ませたくなんてないのに、私はまた子供みたいなことを言って、お母さんを困らせている。

お母さんは無理して私の背中を押してくれているんじゃないかという考えが、どうしてもぬぐえない。

「……バカねぇ、美雨は」

だけど、そんな私の胸の内を見透かしたかのように、うなじにお母さんの温かい声が落ちてきた。

ゆっくりと顔を上げると、頬杖をつきながら私を優しく見つめるお母さんと目が合って、心臓がトクトクと音を立てる。

「お母さん、美雨のことを迷惑だなんて一度も思ったことないよ？　むしろ、そんなふうに思わせちゃってたとしたら、お母さん失格ね」

向かい合わせに座っているお母さんの瞳に、黄金色に輝く葉の光が映り込んだ。その美しさに思わず口をつぐめば、お母さんが再び柔らかに口元を緩める。

「だって、お母さんの元気の源が、美雨なのよ」

「私……？」

思わず聞き返した私を前に、お母さんがふふっと小さく笑みをこぼした。

「うん。お母さんはね、ただ、美雨が大人になるのを見たいの。美雨がどんなふうに成長していくのか、いつだってそばで見ていたいし、そのためならどんなことでもがんばれる」

お母さん……。

「ねぇ、美雨。お母さんの未来そのものが、美雨なのよ」

お母さんの未来が、私。

そう言って笑うお母さんの笑顔は、やっぱり、遠い昔に見た笑顔と同じで、胸の奥がジンと震えた。

『私、将来はお母さんと同じ、看護師さんになる！』

あの日、声高々に言い切った私に嬉しそうに微笑み返してくれたお母さん。

そんなお母さんを見て、ひとりで満足しながらオムライスを食べ始めた私に、お母さんは『それじゃあ、美雨の夢は、お母さんが一番に応援するね』と言ったんだ。

「だから安心して、美雨は自分の夢を追いかけなさい。お母さん、いつだって美雨のこと一番に応援してるから」

遠い日の記憶の中のお母さんと、今、目の前にいるお母さんの姿が重なって見える。どちらもとても幸せそうに笑っていて……私は、涙をこらえることができなかった。

サラサラと、外では相変わらず黄金色に輝く葉が揺れている。

私の過去も現在も、そしてこの先の未来も、決して私ひとりの力で成り立つものではないのだ。お母さんや、今日まで出逢ったすべての人たち。たくさんの人たちに支えられながら、今の私がいる。

未来の私もきっと、たくさんの人に支えられながら生きていく。たくさんの人に出逢い、支え合いながら自分の未来を歩んでいくのだ。

自分ひとりで成り立つ世界。そんなもの、この世にはなにひとつ存在しない。そんな当たり前のことにも気づかずに、私は今日まで生きてきた。

だけど今、私も大好きなお母さんのように……いつか、誰かを支えるような、誰かの幸せを願えるような、そんな人になりたい、と思っている。

そして、いつか来る未来で、今度は私がお母さんを支えたい。

「……お母さん、ありがとう」

「なによ、急にかしこまって。明日は雨でも降るのかしら？」

「ほ、本当に、ありがとうって思ったの……！　ああ、もうっ。ていうか、早くご飯食べよ！　お腹空いたぁ。早くしないと、お母さんのお昼休憩も終わっちゃう！」

慣れないお礼に必死に照れ隠しをしながらスプーンを持てば、そんな私を見てお母さんがクスリと笑った。

「あー、そうだったわ。お昼休憩もう、あとちょっとしかない！　蒼くんも、オムライス冷めちゃったわよねぇ、ごめんね？　それじゃあ、改めてみんなで食べよう！」

けれど、「いただきます」と手を合わせた瞬間、突然お母さんのナース服の胸ポケットに入れられたPHSが鳴って、私たちは一斉に動きを止めた。

「ちょっとごめんね」

慣れた手つきでPHSを手にとったお母さんが、すばやくそれを耳に当て、目を見開く。

そのまま一瞬、雨先輩へと視線を滑らせると、途端に難しい顔をしてから電話先の相手に「急いで戻ります」とだけ告げて、通話を切った。

ていた。

「お母さん？　どうしたの？」

胸騒ぎがする。木々がザワザワと揺れ、遠くで吹く風の音がガタガタと窓を揺らしていた。

「……トキさんが」

「え？」

「トキさんが、急変したって」

心臓が、ドクリと大きく高鳴った。

「蒼くん、私と一緒に戻りましょう」

お母さんの言葉を合図に、呆然と前を見据えていた雨先輩が、弾かれたように席を立った。そのまま言葉もなく走り出した雨先輩の背中を、私は抜け殻になったように見つめていた。

『美雨ちゃんも、また後でね』

耳の奥で、最後に聞いたトキさんの声が木霊する。

お昼ご飯を食べた後、またトキさんと話ができると思っていたのに、嘘でしょう？

食堂内に午後の一時を告げるチャイムの音が響き渡った。その音にようやく我に返った私は、慌てて窓の外へと目を向けた。

視線の先には相変わらず、黄金色に輝く葉が揺れている。

「トキ、さん……」

風が吹くたびに宙を舞う一枚一枚が、もう二度と会うことはないとサヨナラを告げているように、青く澄んだ空に消えていった。

だけど、お願い。もう少しだけ、待って。

静まり返った食堂内。先ほど流した涙の跡はいつの間にか乾いていて、じんわりと手ににじんだ汗だけが、私の心を不穏に湿らせていた。

日曜日の約束

「美雨、今日も病院に行くの？」

日曜日の朝、仕事が休みのお母さんが、休日だというのに朝早くから出かける準備をしていた私に声をかけた。

靴箱を開け、中からスニーカーを取り出すと、無造作に足元へと投げる。自転車の鍵を持ち振り返ると、心配そうに私を見ているお母さんと目が合った。

「うん。トキさんが心配だし、雨先輩のことも気になるから」

「そう……わかった、気をつけてね」

眉を下げ、切なげに微笑んだお母さんに、「いってきます」と言葉を渡して外に出た。

空は青く澄み渡っていて、私は自転車にまたがると、はやる気持ちを抑えて病院へと急いだ。


「雨先輩、おはようございます」

病院に着き、足早に病室へ向かった私は、ベッドの前でパイプ椅子に腰を下ろしていた雨先輩へ声をかけた。

今日も相変わらず、どこか現実離れしたような雨先輩は、朝日を浴びてキラキラと光の粒を輪郭に乗せている。けれど、ゆっくりとこちらに振り向いた真っ黒な瞳には、一目でわかるほどに焦燥感がにじんでいて、胸が痛いくらいに締めつけられた。

「おはよう。ごめん、せっかく来てもらったのに、こんなことになって」

「そんなことは気にしないでください。それより雨先輩、もしかして寝てないんですか……？」

「ああ、うん……。さすがに昨日は眠れなくて……」

私を見て困ったように笑う雨先輩を前に、声が詰まる。

トキさんの容態が急変して、昨日は私も面会時間のギリギリまで雨先輩と付き添っていたけれど、その間も雨先輩はなにかを話すわけではなかった。

ただ、眠るトキさんの顔をまっすぐに見つめて拳を強く握るだけ。

雨先輩がなにを思うのか、今、なにを考えているのか。私はなにひとつ聞くこともできないまま、昨日は病院を出るしかなかった。

「すごく危険な状態で、このまま目を覚まさないかもしれないって」

ぽつり、とこぼした雨先輩は膝の上に手を置いたまま、表情を失くして前を向いている。

昨日まで、優しく微笑んでいてくれたはずのトキさんは今、酸素マスクをつけてべッドの上に横たわり、眠ったように目を閉じていた。

たった、昨日の話だ。たった一日で、こんなにも変わってしまうものだろうか。

窓の外に見える景色も病室内の風景も、なにひとつ変わってなんかいないのに、真ん中で眠るトキさんだけが私たちのいる空間から切り離されているように思えて心苦しい。

「……結局、未来を変えるためのヒントも聞けなかったな」

雨粒が落ちるような声色で言った雨先輩の言葉に、うつむいていた顔を上げる。

雨先輩は静かにトキさんを見つめていて、その後ろ姿を見ただけで鼻の奥がツンと痛んだ。

そんなこと、今、雨先輩が気にすることじゃない。トキさんが急変して、本当ならトキさんのことだけを考えるべきなのに、それを邪魔しているのは私なのだから。

自分がつらい時くらい、私のことなんて考えなくてもいいんです。

心ではそう思うのに、なにひとつ声にすることはできなくて唇を噛みしめた。

今、口を開けばきっと、言葉と一緒に涙までこぼれてしまうだろう。雨先輩とトキさんを前に、私はきっと泣いてしまう。

だけど今、一番泣きたいのは私じゃない。雨先輩が泣いていないのに、私が今、泣くわけにはいかないのだ。

「美雨のことも、どうしたらいいのか一晩中考えたんだけど、もう、なにひとつ、手がかりがないんだ……」

きっと、最後の希望がトキさんだったんだ。それは、私だけではなく、雨先輩にとってても言えること。トキさんの存在を通して、私たちは未来を見ていたのだ。

いったい、どうすればいい？　どうすれば、現状を変えられる？　それとも私たちにはもう、なにもできることはないの？

「失礼します」

その時、コンコン、とノックの音が部屋に響いて、私たちは弾かれたように振り向いた。同時に、目の前の扉がゆっくりと開く。

「あら……」

そこから顔をのぞかせたかわいらしい看護師さんは、私と雨先輩を見て一瞬驚いたように目を見開いたけれど、すぐに柔らかに微笑み、後ろ手で扉を閉めた。

「すみません、驚かせてしまいましたか？」

「いえ、あの……こちらこそ、すみません」

つられてなんとなく謝れば、今度はクスリと笑われる。

看護師さんは、そのまま歩を進めてトキさんの前で足を止めると、トキさんに繋がれた点滴や機械をひととおり確認しながら、「今日も、いい天気ですね」と私たちに声をかけた。

その仕事の一つひとつを目で追っていると、不意に機械から顔を上げた看護師さんと目が合って、ニコリと微笑み返される。

「トキさんも、こうしてそばについていてくれる方たちがいて、心強いですね」

再び恐縮してしまった私が慌てて視線を下に落とせば、邪魔にならないようにと席を立っていた雨先輩が、看護師さんに向かって頭を下げた。

「ずっと居座って、すみません。お仕事の邪魔だったら、部屋から出てます」

「いいえ、本当に大丈夫ですよ。むしろ、トキさんにたくさん話しかけてあげてください。今は、ご家族の声が一番トキさんには強く届くと思いますから」

看護師さんの言葉に、雨先輩はほんの少しホッとしたように息を吐いた。

そのままひととおりの確認を終えたらしい彼女は、私たちに軽く会釈をした後、病室から出ていこうと踵《きびす》を返す。

「……ああ、そういえば」

けれど部屋を出る直前、なにかを思い出したかのように足を止めると、ポケットの中から、唐突に一枚の紙を取り出した。

「昨日の処置中に、トキさんが手に握りしめていたんです。昨日は、あの後もバタバタしていて……。すみません、ご家族にお返ししようと思って、今の今まで渡せずにいました」

差し出されたのは、ふたつに折りたたまれたメモ帳かなにかをちぎった小さな紙だった。

それを雨先輩が受け取ると、再び頭を下げた看護師さんは足早に病室を出ていった。

トキさんが、握りしめていた紙……？

お母さんと三人でお昼休憩のために部屋を出る時には、トキさんはそんなものを手に持っていなかった。それまでもなにかを書いている様子もなかったし、書こうとする気配も見せてはいなかった。

そうだとすると、私たちが出ていった後に手に取ったなにかに違いない。

「雨先輩……」

どうにか声を絞り出せば、手の中の紙から顔を上げた雨先輩が、私を見てキュッと唇を引き結んだ。それから数秒トキさんへと目を向けた後、再び手の中に収まる紙へと視線を落とす。

「開くよ」

雨先輩は、開けてはいけない扉を開くようにゆっくりと、折りたたまれていた紙を開いた。

カサリと乾いた音を立てて開いたその紙は、四方にシワが寄っていた。

「……ばあちゃんの部屋の、小物入れの中?」

紙を開いてすぐ、雨先輩は思いもよらない言葉を口にする。

「え?」

トキさんの部屋の、小物入れの中。私の聞き間違えでなければ、雨先輩は今確かにそう言った。

「雨先輩……?」

呆然として固まっている雨先輩へと声をかければ、ハッとしたように顔を上げた先輩と目が合う。

そうして数秒、無言のまま視線を交わしていたけれど、再び我に返ったように紙へと視線を落とした雨先輩は、手の中に収まるそれを私に向かって差し出した。

「そこに書いてある小物入れって、ばあちゃんの部屋にある桐箪笥《きりだんす》の上の……木の、小さい箪笥《たんす》のことだと思う」

紙には雨先輩の言葉のとおり、トキさんのものであろう綺麗な字でハッキリと、こう書き記されていた。

「私の部屋にある小物入れの、一番下の引き出しの中……」

文章を読み上げてから顔を上げると、今度は強い視線を私に向ける雨先輩と目が合った。

部屋の真ん中には相変わらず、眠るようにベッドの上で横たわるトキさんの姿があって胸が痛い。いつ目を覚ますかもわからないトキさんのそばから、雨先輩は片時も離れたくないだろう。だけどきっと、これは……そんなトキさんからの、私たちに向けたメッセージだ。

トキさんは、小さな紙に記したその場所に、私たちに向けた〝なにか〟を残してくれている。

「行こう」

凛と通る声で言った先輩が、まっすぐに私を射抜く。

「で、でも……」

「行けって、ばあちゃんも言うはずだ。だから、行こう」

雨先輩の言葉に、私は強く拳を握ると顔を上げた。

これはきっと、小さな小さな希望の光だ。吹けば消えてしまうような、小さな望みに過ぎないのかもしれないけれど……。

「はい」

今の私たちには、空に輝く太陽よりもまぶしく、力強い光だった。

「ここだよ」

病院を出て最寄りの駅から電車に乗り、数駅先で降りた雨先輩の後を歩いてついていくこと約十分。昔ながらの閑静な住宅街に入り、しばらく歩いたところで先輩は足を止めた。

目の前には、純和風の趣のある佇まいが印象的な、大きな平屋。ここが、雨先輩とトキさんの住む家らしい。

「入って」

私は雨先輩に促されるまま、綺麗に手入れをされた松の木の下をくぐり家の中へと足を踏み入れた。

「お邪魔します」と下げた頭を上げれば、昔ながらの檜《ひのき》の香りが鼻をかすめて、なんだか懐かしい気持ちになる。

「ごめん、着いて早々だけど、ばあちゃんの部屋に向かっていい？　確認してからじゃないと、俺も落ち着かないから」

ここに来るまで、どこかに立ち寄ることもなく、まっすぐに歩いてきた私たち。本当ならひと息ついてからトキさんの示した小物入れの中を確認したいところだけれど、ほんのわずかな時間さえも今の私たちには惜しかった。

「雨先輩さえ大丈夫なら、お願いします」

まっすぐに雨先輩を見つめると、一度だけ小さくうなずいた先輩は、再び私に背中を向けた。

そのまま家の奥へと続いている廊下を歩き、とある部屋の前で足を止める。

ここが、トキさんの部屋なのだろう。雨先輩が目の前の襖《ふすま》に手をかけて、ゆっくりと開くと、今度は病室でも感じたトキさんの香りが私の身体を包み込んだ。

「ここが、ばあちゃんの部屋。それで、この小物入れのことを、ばあちゃんは言ってるんだと思う」

十二畳ほどの和室には、木のテーブルがひとつと大小の立派なつくりの桐箪笥が三つ並んでいた。その中でも一番背の低い桐箪笥の上に、雨先輩が言う小物入れはあった。

「これが……」

「前から、『大切なものは、いつもここにしまうようにしてる』って、話してたから」

決して大きくはない、両手で持てば優に畳の上へ下ろせるほどの、漆塗りの小物箪笥。その小物箪笥の前で、私たちは数秒、ふたり揃って固まってしまった。

小物箪笥には、計四つの引き出しがある。トキさんのメモのとおりなら、この一番下の引き出しに、トキさんが伝えたい〝なにか〟があるのだ。

ふわり、と滑り込んできた風が、小物箪笥の前で佇んだままの私たちの頬を優しく撫でた。

トキさんは、私たちになにを伝えようと思ったのだろう。

今さらになって、目の前の引き出しを開けるのが、とても怖くなった。

トキさんのことを信じていないわけではないけれど、もしかしたら、なんのヒントにもならないものが入っているだけかもしれない。逆に大きなヒントが入っているかもしれないし、すべては私たちの勘違いで、なにも入っていない可能性だってある。

……どれくらい、沈黙が続いていただろう。

不意に拳を強く握った雨先輩は、その小物箪笥へ手を伸ばすと壊れ物を扱うように両手で持ち上げ、畳の上へと静かに下ろした。

「……開けるよ？」

「は、はい」

雨先輩に促されるように、並んで畳の上に腰を下ろしてから息を呑む。

ゆっくりと、雨先輩は小物箪笥の引き出しに手を添えると、小さな取っ手をつかんだ。

古い木と木の擦れる音が静寂の中ににじんでいく。目の前の引き出しが雨先輩の手で引かれ、その音がやんだ頃、私たちの目にはあるものが飛び込んできた。

それは、長い年月のうちに白から黄色に変わった封筒に包まれた、一通の手紙だった。

「これ……」

「手紙？」

その手紙を前に、震える声で隣の彼へと声をかければ、再びゴクリと雨先輩が息を呑む。そして次の瞬間、先輩が引き寄せられるように手を伸ばし、引き出しの中から古い手紙を取り出した。

時間が止まったような空間で、息をすることさえ困難に感じる。

これはいったい、なんの手紙なのだろう。誰が誰に宛てた手紙で、なにが書いてあるのだろう。

はやる気持ちを精いっぱい押し込めながら、雨先輩が手の中の手紙を確かめるように裏返した。

「え……」

すると思いもよらない文字が、予告なく私たちの目に飛び込んできた。

「【雨宿りの星たちへ】……？」

小物筆筒の中に入っていた手紙には、達筆な字でハッキリとそう書かれていた。

けれどそれは、トキさんの病室で見た、トキさんの字とはまるで違う。どこか大胆で、男らしさのにじむ筆跡だ。

「雨先輩……雨宿りの星たちへって、どういう……」

「わからない……。でも、ばあちゃんの字じゃないことだけは確かだ」

トキさんの孫である雨先輩も、私と同じことを思ったらしい。

だとしたら、これは誰が誰に宛てて書いた手紙なのだろう。『雨宿りの星たち』とは、いったいなんのことを示しているのか。

本当に、これがトキさんが私たちに見せたかったものなの？

私たちは再び、時が止まったように動きを止めていた。けれど、その時間を動かすために、雨先輩が再び意を決したように封筒へと手をかける。

「……開けるよ」

「はい、お願いします」

一度も封を切られた様子のないそれを、雨先輩が慎重に指で開くと、中からはどこか古ぼけた五枚の便箋が出てきた。

【拝啓《はいけい》　雨宿りの星たちへ】

封筒に書かれた文言と同じく、手紙はそんな書き出しで始まっている。

それを雨先輩が、視線でなぞりながら丁寧に、声に変えて紡いでいった。

拝啓　雨宿りの星たちへ
この手紙が、きみたちに無事に届くかどうかもわからずに、僕は今、筆をとっています。

これは僕の最後の手記であり、この手紙が届く日を見ることすら今の僕には許されない。

だけど最後に見た奇跡のような光景と、輝かしい未来を守るために今、僕は一縷《いちる》の望みをかけて筆をとっているのです。

嗚呼《ああ》、まずはなにから話せばいいかな。そうだ、代々、雨宮家に伝わる言い伝えの話をしましょう。

数十年に一度、雨宮に生まれる子に授けられる特異のことだ。それがまさか、自分の身に振りかかることになろうとは、僕は思ってもいませんでした。

僕は人の目を見るだけで、そこに映った人の未来を見ることができるのです。

相手が実物でも、写真でも。目を見るだけで、人の未来が見えました。

特異を持って生まれた子は善行に力を使いなさい。世のため、人のために力を使いなさい。もし特異を悪行に使おうとするならば、その者には災いがもたらされることだろう。

その話を初めて聞いた時、僕は、自分の運命を恐ろしく思いました。

自分の力を悪行に使おうと思ったことはありません。けれど、正しく生きることは、必ずしも幸せとは限らないのです。

たくさんのしがらみに縛られて、自分ひとりが苦渋を味わうことも今日まで何度もありました。

そのたびに、打ちのめされるのです。正しくあろうとするたびに、何度も何度も大きな壁に、ぶつかりました。

いったい、どうして自分がこんな目に遭うのだろう。どうして、自分だけがこんなにつらい思いをしなければいけないのだろう。

ちょうど、きみたちと同じ頃。そんなふうに自分の日々を蔑み、自分の未来を諦めようと思ったものです。いっそのこと、全部投げ出したら楽になるんじゃないか、そう考えてばかりいました。

けれど、投げ出すことも簡単ではありません。投げ出すことも、とてもとても勇気のいることなのです。

結局すべてを諦めることもできず、中途半端に生きていた僕でした。だけど、ある日、そんな僕に転機が訪れたのです。

とても、大切な人ができました。一緒に未来を歩みたいと思う人に、出逢ったのです。

彼女が僕の、生きる理由になりました。春のような彼女のおかげで、僕は今日まで、本当に幸せでした。

そして今、僕は彼女と僕の間に産まれた愛おしい命を救うため、自分の未来を手放すことに決めたのです。

僕は明日、娘の命を救って死ぬでしょう。

世界から消えることは、本当はとても怖いことです。けれど、僕は今、少しも怖くはありません。僕が生まれ持った特異どころか、自分のすべてを失っても、僕を忘れないでいてくれる人がいるからです。

僕が世界から消えてしまっても、僕には愛が残るのです。

彼女には、どれだけ感謝しても足りません。僕はこの手紙を、そんな彼女に託そうと決めました。然るべき時が来るまで開けずに、きみが大切なものをしまう場所へとっておいてと、そう伝えます。

そして今、僕が書いたこれをきみたちが読んでいるということは、彼女が〝今〟こそ、その然るべき時であると判断したからなのだと思います。

きっと今、きみたちは若かりし日の僕のように悩み、苦しみ、数々の困難といった雨に打たれていることでしょう。それでも必死に未来を掴もうと、迷い込んだ小さな屋根の下から、ふたりで空を眺めているのだろうと思います。

僕は世界から消えようとしている今、娘の未来と一緒に、そんなきみたちの未来を見たのです。輝かしい、星たちの未来を見たのです。

これはきっと、奇跡です。今日まで必死に生きた僕に、神様がくれた最後の奇跡なのだと思います。

いいですか。僕から言えることは、たったひとつです。

きみたちも、どうか最後まで生きることを諦めないで。最後まで、自分たちの未来を諦めないでください。

過去を変えることはできないけれど、未来は自分次第で変えることができるのです。

それが、現在《いま》を生きる僕たちへ平等に与えられた希望の光なのだということを、どうか、いつも忘れないでください。

必死に生きた〝現在《いま》〟こそが、きみたちの〝明日という名の未来〟を創るのです。

「——雨宮蒼助《あめみやそうすけ》」

手紙の最後には、やっぱり達筆な字で、そう書き記されていた。

読み終えた雨先輩が、時間を忘れたように宙を見る。

誰から、誰に宛てた手紙なのか。私はついさっき、そんな疑問に揺れたばかりだけれど、今、その答えがなんなのか、わかった気がする。

「……じいちゃん」

半ば放心したようにつぶやいた雨先輩は、再び手元の手紙へと視線を落とした。

そう、私の推測が正しければ、この手紙を書いたのはトキさんの旦那さんで、雨先輩の、おじいさん。雨宮蒼助さんが指す『彼女』とはトキさんのことで、『娘』とは雨先輩のお母さんのことなのだろう。

「雨先輩の、おじいさんって……」

「俺が産まれる少し前にじいちゃんは死んじゃって、この世界にはいなかった」

「え……」

思わず目を丸くして固まる私をよそに、雨先輩は言葉を続ける。

「母さんが俺を身ごもっていた頃、俺たち家族が住んでいた家が火事にあったらしい。だけど偶然、田舎から出てきたじいちゃんが観光目的で東京にやってきて、家にいたお腹の大きい母さんを連れ出したんだ。結果的にそのおかげで、火事には巻き込まれずに済んだって……昔、母さんが話してた」

雨先輩の言うその出来事が、雨先輩のおじいさんが見て変えた、雨先輩のお母さんの未来なのだとすぐにわかった。

「それでその翌日に、じいちゃんは田舎に帰る途中で交通事故に遭ってそのまま……。病院に運ばれた時にはもう意識もなくて、本当に突然亡くなったって聞いたんだ」

そこまで言うと、雨先輩は声を詰まらせた。

雨先輩のおじいさんは、自分の娘である雨先輩のお母さんの命を救うために、禁忌《きんき》を破った。きっとその代償として、自分の命を失ったのだ。

「じいちゃんのカバンの中には……からっぽの財布と、大きくなったお腹を抱えた母さんの写真だけが入っていたらしい。だけど母さんに、それまでのじいちゃんのことを聞いても、じいちゃんのことは不思議と覚えてないことばかりだって言うから……じいちゃんは、あんまり家族を大切にしていない人だったのかなって思ってた」

くしゃりと顔を歪めた雨先輩は、苦しそうに息を吐く。

「ばあちゃんも、じいちゃんのことを思い出そうとすると頭が痛くなるんだって……昔、寂しそうに言ってたことがある。近所の人に聞いても、じいちゃんのことを知らない人ばかりで、だから俺……まさか、こんな……こんなことが、あるなんて」

世界から、消える。それは、そばにいた人の記憶からも曖昧に消えてしまうということなのか。さらには、他人からは完全に、存在自体が忘れられてしまうということなの？

「じいちゃんに俺と同じ特異があったなんて……母さんも、ばあちゃんも、一度もそんなこと言わなかった。なにより俺は今の今まで、じいちゃんは家族を大切にしないろくでなしで、事故に巻き込まれて死んだんだって思ってて、だから……っ」

手紙を握りしめた手で自身の顔を覆った雨先輩の身体は、小さく震えていた。

なんて残酷な運命だろう。世界から消えてしまうということは、死ぬだけでなく、大切な人たちの記憶からも消えてしまうということなのだ。

雨先輩のおじいさんの手紙の文面を見る限り、おじいさんが今、先輩が言ったようなろくでなしでないことは容易に想像がついた。大切な家族のために、愛おしい娘を救うため、自ら禁忌を破ったのだから。

雨先輩のお母さんが、おじいさんに未来を見る力があったことを知っていたかどうかはわからない。だけど……トキさんは知っていたに違いない。

この手紙を、今日まで大切にしまい続けていたトキさんはきっと、呪われた運命にもひとり、必死に抗《あらが》ったのだ。大切な人との記憶を消されても、愛する人との記憶を奪われても、彼が残した手紙だけは守り続けた。

『あなたになにかあってからでは遅いの』

トキさんの想いが、今さらながら胸に刺さる。

残酷な真実を知っていたからこそ、トキさんは、禁忌を破った時に起こる代償のすべてを雨先輩には伝えなかったんだ。

薄れてしまった記憶を必死に手繰《たぐ》り寄せて、ひとりで守ってきたトキさんは、立派な人だ。恐ろしい呪いをかけられても、負けなかったのだ。

こんなこと、本当ならあってはならない。だからきっと、トキさんは恐れていた。

雨先輩が、トキさんの旦那さんのように突然、この世界から消えてしまうんじゃないかって。今の私と同じで……きっと怖くて、たまらなかったはずだ。

「なんだよ、こんなの……最初から、全部話してくれたらよかったのに。死ぬのなんか少しも怖くないし、世界から消えるってこと自体、死ぬって言われてるのと同じようなものなんだから……」

ぽつり、と空から雨粒が落ちてきたような声色でそう言った雨先輩は、自嘲するように笑った。

『死ぬのなんか少しも怖くない』

そう言った雨先輩の言葉に、胸が震える。

だって、死ぬって、本当は怖くて怖くてたまらないはず。その上、大切な人たちの記憶からも自分という存在を丸ごと消されてしまうなんて、こんなにつらいことはない。だけどそれを言葉にすれば、足元から崩れ落ちてしまいそうになるから、必死に強がっているだけだ。今ならそんな雨先輩の気持ちが、痛いほどよくわかる。

「雨宿りの星たちへ」

「……っ」

ゆっくりと確かめるように私が手紙にあった言葉を口にすると、弾かれたように雨先輩が顔を上げた。悲しみに濡れた瞳が大きく揺れて、私を映す。

私は雨先輩の震える手にそっと自分の手を重ねると、黒ににじんだ瞳の奥をのぞき込んだ。

「雨先輩のおじいさんが見たのは、きっと雨先輩と……私の、未来ですよね」

もしもこの手紙に書いてあることが、事実であるとするならば。雨先輩のおじいさんは、雨先輩のお母さんの未来と一緒に『輝かしい、星たちの未来』を見た。

それがいったいなにを示すのか、確かなことなんてわからない。だけどきっと、私の勘違いでなければ、多分……。

「これは、私たちに宛てられた手紙で、私たちの未来を示す手紙ですよね」

ようやく見えた、希望の光。やっぱりそれは、あまりにも不確かで、曖昧なものだけれど……。

「この手紙には、『最後まで生きることを諦めないで』と書いてありました。『最後まで、自分たちの未来を諦めないで』とも」

過去を変えることはできないけれど、未来は自分次第で変えることができる。それが、現在《いま》を生きる私たちへ平等に与えられた希望の光なのだ、と。

「忘れません」

「え？」

「なにがあっても、なにが起きようとも、私は絶対に忘れてなんかあげません」

もしも奇跡が起きて、私が明日以降を生きていけることになったなら。その先でもし、雨先輩が先輩のおじいさんと同じ運命をたどることになっても。

「約束、しましたよね？」

「美雨……」

絶望に濡れていた瞳に、無垢《むく》な先輩の美しい黒が戻ってくる。私は雨先輩のこの純粋で綺麗な瞳が……とても、好きだ。

「最後まで、私を見届けるって。途中で勝手にいなくなったら、死んでから呪うって、私、前に言いましたよね？　その約束、明日を乗り越えてからも有効ですから！　雨先輩も私と一緒に、最後まで生きることを諦めないでください。最後まで、自分の未来を諦めないで!!」

もう二度と、『いつ死んでも構わない』なんて言わせない。二度と、『死ぬのなんか少しも怖くない』なんて言わせないから。

必死に生きた〝現在《いま》〟こそが、私たちの〝明日という名の未来〟を創るのだとしたら、私は最後の最後まで、生きることを諦めない。それが未来を諦めないことに繋がるのなら、死ぬのを怖いと思う自分さえ誇りに思おう。

「なにがなんでも、私と一緒に生きてください!!」

繋いだ手を強く握って、私は未来にきみを、連れていく。

そう胸に誓った瞬間、雨先輩の頬を綺麗な涙が伝い落ちた。

「少しだけ、寄り道していかない？」

明日雨が降るなんて、誰もそんなことは想像できないくらい、頭上には雲ひとつない青空が広がっていた。

雨先輩の家を出て病院に戻ろうと空を見上げていた私に、唐突にそんなことを言った先輩の顔を、思わずキョトンとしたまま見つめてしまった。

「本当は、少しでも早く病院に戻って、ばあちゃんのそばにいてあげたいけど……。でも、どうしても美雨に見せたい景色があるんだ」

「見せたい景色？」

「うん。小さい頃、こっちに遊びに来た時に、ばあちゃんに連れてってもらった場所なんだけど」

その雨先輩の言葉に、どうしてか首を横に振る気にはなれなかった。

本音では、すぐにでもトキさんのところに戻りたい。いつまたなにがあるかもわからないし、私がそう思うのだから雨先輩だって同じだろう。

だけど、誰よりもトキさんの身を案じている彼が、私に見せたいものがあると言っている。それが、どんな景色なのか見てみたいと思うのは、先輩の目がとても優しかったからだ。

「わかりました。寄り道しましょう」

ふわり、と髪が風になびく。雨先輩を見上げながら答えると、先輩は嬉しそうに目を細めて微笑んだ。

「あ、雨先輩。いったいどこまでのぼるんですか!?」

両膝に手を置き、肩で息をしながら抗議の声を上げると、数段先にいる先輩がすがすがしい笑顔で「もう少し」と笑う。

ほんの数十分前、雨先輩の寄り道の誘いにふたつ返事で快諾した自分を、叱りつけたい。

まさか、こんなことになるとは思わなかった！　雨先輩に言われるがまま、雨先輩の家から少し離れた場所にある小高い山の登り口前まで来たところで、嫌な予感はしていたけれど……。

目の前には、いったいどこまで続くのかとめまいさえ起こしそうな数の階段がある。振り向いても同じだ。よく、ここまでのぼってきたと思う。めまいを起こしかけているし、息切れだって治まらない。

あいにく、偶然にも首尾《しゅび》よくスニーカーを選んで履いてきていた私を見て、『この階段をのぼるんだ』なんて言った雨先輩は、今と同様に笑っていた。

「美雨って、意外に体力ないんだな」

「逆に、なんで雨先輩は、そんなに元気なんですか！」

「それは……俺も一応、男だし」

言葉と同時に、目の前に大きな手が差し出される。

一瞬その手を取ろうか躊躇していると、私の心情を知る由もない雨先輩に右手が簡単にさらわれた。

「あと、もう少しだから。一緒にがんばろう」

優しく引かれた手。その手のぬくもりに顔を上げた私は、結局最後まで、この寄り道に付き合うことになった。


「着いたよ」

目的の場所には、雨先輩の言うとおり、十分もしないうちにたどり着いた。

永遠に終わらないと思っていた長い階段をのぼり終えれば、予想外の達成感に包まれる。思わずその場に座り込んでしまいたくなったけれど、足元いっぱいに散らばる黄金色の葉を見て、膝に手を置く形で疲れきった身体を支えた。

もう、しばらくは絶対嫌……。というか、また雨先輩に寄り道しようと誘われたら、絶対に断ろう。

「ほら、美雨。こっちだよ」

けれど心の中でそんな決意を固めている私を、不意に雨先輩の弾んだ声が呼んだ。

顔を上げると再び手を掴まれて、脱力していた身体は言われるがままに、前に出る。

「そこからじゃ見えないんだ。だから、こっち！」

「ちょっと待って、雨先輩！　もう少しだけ、休ませてくださ――」

『休ませてください』と言い終えるより先に、ほんの少し開けた場所に出た。

そのまま私は、目の前に広がる光景を瞳に映して、今度こそ返す言葉を失った。

「ここ、俺がこの町で一番好きな場所なんだ」

「すごい……」

両脇に黄金色に輝く木を従えて、見えたのは、私が住む町の景色だった。

建ち並ぶ家々は豆粒のように小さくて、私がいつも乗っている電車はわずかになにかが動いている気配を感じさせるだけだ。

ぽっかりと地面に穴が開いたように広がる田んぼや畑に、木々の生い茂る山々。遠くには海が広がっていて、その深い蒼と空が重なる場所だけが、白い線を引いて途切れることなくどこまでも続いていた。

「昔……俺がまだ小さかった頃、ばあちゃんが、今みたいに俺をここに連れてきてくれたんだ」

ぽつり、ぽつり、と木の葉の揺れる間で声を紡ぐ雨先輩を見上げれば、向こうに小さな鳥居が見えた。その先には社があって、ここが小高い山の上に造られた、小さな神社であることに気がつく。

「それで初めてこの景色を見て、今の美雨と同じように感動してる俺に、ばあちゃんが話してくれたことがあった」

「話してくれたこと？」

「俺の、じいちゃんのこと。ここは、じいちゃんとばあちゃんが初めて出逢った場所なんだって」

遥か遠くを眺める雨先輩は、昔を懐かしむように小さく笑った。

ここは雨先輩とトキさんの思い出の場所というだけでなく、トキさんと雨先輩のおじいさんの思い出の場所でもあったのだ。

「でも、トキさんは雨先輩のおじいさんのこと……」

「うん。ばあちゃん、その時もじいちゃんの話をしながら、時々頭が痛そうにしてたんだ。だけど不思議と幸せそうで……。心配する俺に向かって、話せることが嬉しいって言ってた」

どんなに呪いに邪魔されても、奪われかけた記憶を必死に手繰り寄せて、トキさんは雨先輩に伝えたかったのだろう。

「ばあちゃんがまだ若い頃、たまたまここにのぼってきたら、今俺たちが立っている場所で、じいちゃんは俺たちと同じようにこの町の景色を眺めていたらしい」

私たちと、同じ景色を。

雨先輩の言葉に再び町の景色へ目を向けると、なぜか私に見えたのは、初めて出逢ったふたりが互いを見つめ合う場面だった。

「初めて会った時は、変な人だなって思ったらしい。ただ、ぼんやりと景色を眺めて……そこにいるのに、そこにいないみたいな、不思議な人だなって思ったんだって」

雨先輩に初めて逢った時、私もトキさんと同じことを思った。

『きみの未来、俺には見える』

そう言った先輩の表情も景色も、ハッキリと目に焼きついている。

「思わず、ばあちゃんはじいちゃんに、『なにを見てるんですか?』って聞いたらしい。そしたらじいちゃんは困ったように笑って、『未来を、見てました』って答えたんだって」

「未来、を……」

「それを聞いて、ばあちゃんは、じいちゃんのこと、やっぱり変な人だなって思ったって。関わったら大変なことになるかもしれないって、つい身構えたって言ってた」

言いながら、雨先輩は面白そうに笑った。

未来が見えるという特別な力を持って生まれた雨先輩とおじいさん。もしかしたら、ふたりは似ているのかもしれない。

「今思えば……なんで、その時に気がつかなかったんだろう。死んじゃったじいちゃんも、俺と同じ力があったんだってこと。その時は、なにも考えずに、ただばあちゃんの話を聞いてただけだった」

繋がれたままの手に、そっと力が込められる。

一瞬、その手に視線を落としてからすぐに顔を上げると、私は雨先輩の綺麗な横顔をまっすぐに見つめた。

「でも、ばあちゃんはその時、変なことを話すじいちゃんから逃げずに、言ったんだって」

「なにを……ですか？」

「『本当に未来が見えるなら、私の未来を見てください』って」

凛と通る声で言った雨先輩の言葉に、目を見張る。

「え……？」

「そうしたら、じいちゃんは一瞬目を見開いて固まった後、今度は泣きそうな顔で笑ったって。それからまっすぐにばあちゃんを見て、『きみは明日、突然降るにわか雨のせいで、ずぶ濡れになるよ』って伝えたんだ」

風が、吹いた。その風は私と雨先輩の間を通り抜け、私たちを取り囲む木々の葉をザワザワと揺らした。

今、この場所に立っているのは私たちなのに、遠い日のふたりと重なって見えて、胸が震える。

……そんな、どこかで聞いたことのあるような話、しないでください。まるで、私たちが出逢った時と同じ、誰かの話とも思えない話を、どうして今、この場所で……このタイミングで、するんですか？

思わず雨先輩の手を強く握れば、返事をするようにその手に力が込められた。

「出逢ったその瞬間に……きっと、ふたつの未来は重なった」

雨先輩のおじいさんは、大切な人の命を守るために自分の命を失った。かけがえのない命を守るために、自分が見た未来を変えたのだ。

そんなおじいさんと、雨先輩が似ているのなら……。まさか、雨先輩は……ううん、そんなはずはない。雨先輩と私の間には、トキさんとおじいさんのような確かな絆《きずな》なんて、ないのだから。

「美雨、俺は……もし本当にその時が来たら――」

「雨先輩にっ、お願いがあります!!」

言葉の続きを聞くのが怖くて、思わず遮るように声を張り上げた。

「……え？」

　突然のことに雨先輩は、目を丸くして固まっている。

　思わず先輩から目を逸らして足元へと視線を落とすと、地面には土に汚れた黄金色の葉が敷き詰められていた。私は一瞬だけ唇を噛みしめると、カラカラになった喉から声を振りしぼるように、繋いだ手を静かに離す。

「美雨？」

「こ、この後、病院に戻る途中で、私の家に寄ってください。それで、私のお母さんの未来を見てくれませんか!?」

　絞り出した声に余裕はなくて、私はうつむいたまま息を吸った。

「美雨の、お母さんの未来……？」

「はい、実は、ずっと気になってて。私の家って母子家庭だし、もしもこのまま本当に明日、私が死んじゃったら、お母さん、独りぼっちになっちゃうので……」

　唐突な私の言葉に、雨先輩が押し黙る。

「私としては、私が死んだ後もお母さんには笑顔でいてほしいんです！　……元気でいてほしいので。それに、お母さんの未来を知れたら、私も少しは気が楽になるかもしれないし」

　言いながら、私は空になった手で拳を作り、精いっぱいの笑顔を浮かべた。

雨先輩の言葉を聞かないために始めた話だったけれど、これは本当にこの一週間、ずっとずっと気がかりだったことでもある。

もしも私が死んでしまったら、お母さんはどうなるのか。さすがに娘が死んでしまったら、お母さんだって泣いて途方に暮れるだろう。だけど、私のお母さんは女手ひとつで私を育てるくらいのたくましい人だから、月日が経てば今までどおりの生活に戻れるに違いない。

この一週間で、心の中ではそんな答えにたどり着いたのだけれど、やっぱり死ぬ前に、ちゃんと知っておきたかった。そうすれば、もしもの時も、私は安心してこの世界から旅立てる。

「すみません、急にこんなお願いしちゃって！　でも……最後なので、ワガママを聞いてくれませんか？」

隣に立つ雨先輩を見上げると、綺麗な黒が私を射抜いた。

ドクドクと高鳴る鼓動。思わず拳を強く握って、雨先輩の返事を待った。

「そんなの、見に行く必要ないよ」

「え……？」

「美雨のお母さんの未来なら、三人でお昼ご飯を食べながら話した時に、もう見たから」

思いもよらない言葉に目を見開くと、先輩は私から視線を外して前を向いた。

そうして数秒黙り込んだ後、再びゆっくりと口を開くと、私のお母さんの未来を淡々と語り始める。

「毎日泣いて……泣き崩れて、ご飯も食べられずに立ち直れなくなって、今の元気な姿からは想像もできないくらいに痩せ細って苦しんでた」

「う、嘘……」

ドクリ、と心臓が不穏な音を立てて、全身から血の気が引く。

「嘘じゃない。俺が見た未来で、美雨のお母さんは死んだほうがマシだって思えるような、つらく苦しい毎日を過ごしてた。生きているのに死んでいるような毎日で……目も当てられないくらい悲惨だった」

思いもよらない言葉に、私は両手で口元を覆った。同時に、鼻の奥がツンと痛んで涙が堰《せき》を切ったように溢れ出す。

私はなんて浅はかで最低な勘違いをしていたのだろう。お母さんは強い人だから、お母さんならきっと大丈夫だろう、なんて、どうして自分に都合のいい方向ばかりに物事を考えていたんだろう。

「お母さんは最終的に、死んだ美雨の後を追うよ」

「そ、そんな、そんなの……」

息を吸うのも苦しくて、ガタガタと身体が震えた。

「幸せになんかならないし、毎日毎日、美雨を想って死ぬほど苦しんでから、ひとりで死ぬんだ」

「う……、うぅー……っ」

「……美雨」

「あぁ……っ、う……っ、う……」

次から次へと涙が溢れ出し、あっという間に乾いた頬を濡らしていった。こらえきれずに嗚咽《おえつ》までこぼれて、ついにはなにも見えなくなる。

どうしよう、私……お母さん。ごめんなさい……!!

頭の中で、何度も何度も声を張り上げると、今の今まで心の奥に押し込めていたものが、風船のように破裂した。同時に、言葉となって、弱い私の本音を暴き出す。

「しっ、死にたくないっ!!」

悲痛な叫びは、嫌味なくらいに青く澄み渡る空に木霊した。

「私は……っ、まだ、死にたくないっ。大好きなお母さんを独りぼっちになんてしたくない！　死にたくないっ!!」

それは、雨先輩に死ぬことを告げられてから、私の心の中に深く根を張っていた叫びだった。

「死んだら、なにもできなくなる。ユリと遊ぶこともカズくんと話すことも、おいしいご飯を食べることも綺麗な景色を見ることも、寝ることも……もう、なんにもできなくなる……!!」

死にたくない。私だって、みんなと一緒に生きていたい。

「嫌だ……っ！　明日死ぬなんて、絶対やだっ。夢だって……看護師になりたいって、私、小さい頃から思ってたのにっ。やっとお母さんにも話せたのに！　なんで、死ぬのが私なの!?　なんで私がこんな目に……っ」

今、目の前にある景色さえ見れなくなって、私という人間はこの世界から消えてしまうのだ。

苦しくて、悲しくて、恐ろしくて、私は自分の髪にくしゃりと指を通し、大きく息を吐いた。

私は……死にたくない。死にたくないのに!!

「……大丈夫だから。美雨は……美雨だけは、絶対に死なせないから大丈夫」

その時、耳元で、絶望に染まる私を呼ぶ温かな声が聞こえた。

「俺は……絶対に、未来に美雨を連れていく」

言葉と同時に、強く抱きしめられて、私は目を見開いた。

パニックになっていた私の意識は現実へと引き戻されて、押しつけられた胸の鼓動がドクドクと頭の中で時を刻む。

「大丈夫だよ。俺が美雨を守るから、大丈夫」

ぐるぐると頭の中を駆け巡る恐怖の闇を、大きな光が切り裂いた。

「あ……雨、先輩」

ああ、私は今……なにを言った？　そして雨先輩に、なにを言われたの？　私はどうして雨先輩に抱きしめられているんだろう。

「美雨の未来を変えるって、言っただろ？」

私がゆっくりと息を吐いたのを確認してから、腕の力がそっと緩められた。

誘《いざな》われるように顔を上げれば、目の前には私を見て優しく微笑む雨先輩がいる。

「……大丈夫。美雨の手は、最期まで離さないから」

「雨先輩……？」

「どんな雨も、いつかはきっとやむはずだって信じてる」

その言葉と同時に、私たちは互いの存在を確かめ合うように、繋いだ手を、ギュッときつく握りしめた。

再び吹いた風に揺られて、私の頬をひと筋の涙が伝い落ちる。

明日が、未来が、どうなるかなんてわからない。だけど、どうか私たちの明日が、一日でも長く続いていきますように。

今、目の前に見える景色が、どうか手のひらをすり抜けていかないように……私は空に強く願った。

月曜日の結末

「ホント、天気予報って当てにならないわね」

月曜日の朝。お母さんは玄関を開けて空を見上げると、憂鬱《ゆううつ》そうにため息をこぼした。

外は、雨先輩の予告どおり雨が降っている。テレビの天気予報が予報していた青空は見る影もなく、空には一面に黒雲が広がっていた。

「それじゃあ、お母さん行くね。いつもどおり、出る時は戸締まりお願いね」

傘立てに立ててあった青い傘を手に取り、お母さんがドアノブに手をかける。

その背中を追いかけながら、私ははやる鼓動を抑え込むように、強く拳を握りしめた。

「お母さん！　私……っ」

「うん？　どうしたの？」

言いかけて、言葉に詰まる。自分でもなにを話そうとしたのかわからないけれど、少しでも長くお母さんの顔を見ていたかった。

「美雨、どうしたの？」

突然声を張り上げた私を見てお母さんは不思議そうに首をかしげたけれど、私は慌てて笑顔を作ると首を左右に振った。

「う、ううんっ、なんでもない！　お母さん、いってらっしゃい！」

「なによ、変な子ね。急に大きな声で呼ぶからビックリするじゃない。美雨も学校、気をつけて行きなさいよ！　それじゃあ、いってきます」

パタン、とドアは呆気なく閉じてしまった。

いつもどおりの光景、いつもどおりの朝。いつもどおりじゃないのは、これから起こる私の未来だ。

私は唇を噛みしめると、こぼれ落ちそうになる涙を必死にこらえた。

「お母さん……」

『いってらっしゃい』。『いってきます』。そんな、当たり前のように交わしていた挨拶も、もしかしたら今のが最後かもしれない。お母さんと顔を合せるのも、これで最後かもしれなかった。

だけど、そうなってほしくはないから、お母さんには『さよなら』も『ありがとう』も伝えなかった。今日もまた、仕事から帰ってきたお母さんに、私はこれまでどおり笑顔で『おかえりなさい』と言いたいから。

ううん、絶対に『おかえりなさい』と言ってみせる。今ので最後になんて、絶対に

た。

「学校に……今日は休むこと、連絡しなきゃ」

この後の自分のやるべきことを声に出し、携帯電話を片手にリビングへと歩を進めた。

パジャマのままリビングのソファーの上で膝を抱えてうずくまると、昨日の帰り道に雨先輩と交わした言葉を頭の中に並べていく。

『とにかく明日、美雨は一歩も外に出るな。学校も来なくていい。絶対に休むんだ』

『それで、未来を変えられるんですか？』

『……わからない。だけど、できる限り、俺が見た未来に近付かないようにしよう』

そう言って、雨先輩は私の手を強く握った。

一週間前、先輩が見た未来の私は、制服を着て雨の中を必死に走っていたらしい。だから先輩は、今日は家から一歩も出るなと私に言った。そうすることで、雨先輩が見た私の未来を、変えることができるかもしれないから。

でも以前、雨先輩は私にこうも言っていた。

『未来に起こる出来事は、どんなに避けようと思っても、必ず起きてしまう』

『無理やり避けようとしても、最悪の未来を起こすために美雨を家の外に引きずり出す〝なにか〟が起きる』

させないんだ。

昨日はあえて、口にしなかっただけ。私をこれ以上不安にさせないように、先輩はそのことには触れないでいてくれただけだ。

ドクドクと、心臓は不穏な音を立て続けている。

「ホントに、大丈夫かな……」

ぼんやりと、薄暗い家の中から外を見た。

雨は昨日の夜更けから突然降り出して、今朝になってからうるさいくらいに窓を叩き続けている。

まるで、外に出ない私をどうにかして家から出そうとしているみたいだ。未来を変えようとしている私を責めているようで、怖くて怖くてたまらない。

「電話……しなきゃ」

ぽつりとこぼしてから、私は携帯電話へと目を向けた。

そのまま学校の電話番号を表示させると、電話口に出た先生にクラス名と名前、そして、今日は体調不良で休むことを伝えた。

電話を切れば再び、部屋の中には雨の音が響き渡る。

私は近くにあった毛布を頭から被ると、聞こえる音と心に渦巻く不安を、必死に掻き消した。

「……ん」

どれくらい時間が経ったのだろう。目を閉じていた私は、毛布に包《くる》まったままいつの間にか眠ってしまっていたようだ。

昨日は緊張していてほとんど眠れなかったから、身体が勝手に眠ることを優先したのだろう。

こんな時でも眠れるなんて、人間ってたくましいな。もしかして案外、このまま何事もなかったように、今日という一日を終えることができるのかもしれない。知らぬ間に時間が過ぎて、気がついたら明日になっていた……なんてことも、あるかもしれない。

未だにぼんやりとした頭で、私はふと窓の外に目をやった。

相変わらず外は雨が降っていて、景色を灰色に染めている。

というか、今はいったい何時なんだろう？　もしかして、けっこう長い時間寝ちゃってた？

そんなことを考えながら、私はテーブルの上に置きっぱなしにしていた携帯電話を手に取った。

チカチカとランプの灯る携帯電話を確認してから真っ黒な画面をタップすると、時刻は午前十一時を指していた。

思ったより、時間が経っていない。期待してしまった分、肩を落とさずにはいられなかった。

「あ……ユリから連絡来てる。あとはアプリのお知らせと、あれ……？」

けれど、携帯電話を指でなぞって通知を一つひとつ確認した時、思いもよらない場所から電話がかかってきていることに気がついた。滑らせていた指と目を、画面の中央でピタリと止めて息を呑む。

「お母さんの、病院から……？」

不思議に思いつつ、着信の通知画面をタップする。

そうすれば、数件の着信通知が並んでいて、頭はさらに混乱した。

発信元は、お母さんの病院、お母さんの携帯電話、十数分間を空けてもう一度、お母さんの携帯電話……。

「なんで……？」

こんなことは初めてで、思わず困惑の声が出る。

平日、お母さんの仕事中に、私の携帯に電話がかかってくることなんて一度もなかった。もちろん、お母さんだって私が学校に行っていることを知っているし、今日だってお母さんは私が学校に行っていると思っているはずだ。

「あ……もしかして」

お母さんにズル休みをしたことがバレたとか？　私の休みを怪しいと思った先生が、お母さんに確認の電話をかけたのかもしれない。それで、驚いたお母さんが私に電話をしてきたのかも。

それなら早くお母さんに連絡しなきゃマズイよね。お母さんは心配してるかもしれないし、申し訳ないけど、お母さんには『家を出る直前に、急にお腹が痛くなった』とか、とりあえずの言い訳をしておこう。

「……っ!?」

けれど、そこまで考えたところで突然、手の中の携帯電話が震えた。

慌てて画面を確認すると、携帯はお母さんからの着信を知らせていた。

タイミングよくかかってきた電話に迷わず通知表示をタップして、耳に当てる。

「もしもし、お母さん？」

『美雨!?　やっと繋がった!!』

聞こえてきた声に、嬉しさなんて覚えてしまった。お母さんの声を聞いて、ほんの少しホッとしたのだ。

「電話出れなくて、ごめんね。先生から聞いたかもしれないけど、今日は私――」

だけど、『私、学校休んだの』と言い終えるより先に、お母さんの叫び声が私の鼓膜を震わせた。

『トキさんが危篤《きとく》なの！　それで、蒼くんに連絡を取りたいんだけど、朝からまったく捕まらないのよ!!』

「……え？」

雨が、激しく窓を叩いている。責め立てるように、強く、強く、叩き続けている。

トキさんが、危篤？　そんなの嘘だよね、お母さん。

『学校に電話したら、朝は出席確認できたけど、今はどこにいるのかわからないって。確認できたのは朝のホームルームの時間だけで、蒼くん、今日の授業は一度も出てないみたいなの』

「そんな……」

『それで、もう学校からの連絡を待ってても埒《らち》が明かないから、美雨に電話したのよ！もしかしたら、美雨なら蒼くんがどこにいるのか、わかるかもしれないと思って！』

ドクドクと、心臓が早鐘を打つように高鳴っていた。ギュッと、パジャマの胸の辺りを握りしめるように強く掴むと指先が痺れた。

トキさんが、危篤。雨先輩が、捕まらない。

混乱する頭の中で、必死に今の状況を把握する。

『ねぇ、美雨、蒼くんがいるところに心当たりない!?　学校内で、蒼くんが行きそうなところとか、美雨なら知ってるんじゃない!?』

お母さんの言葉に、〝ある場所〟が、頭に浮かんだ。

学校内で、雨先輩が行きそうなところはどこか。そんなの……たった、ひとつだけだ。

『お願い、美雨！　お母さん、今から仕事に戻らなきゃいけないから、蒼くんに伝えて！　早くしないと、トキさんにもう二度と会えなくなっちゃうって‼』

「……わかった」

自分でも、驚くほど冷静な声が出た。

私の言葉を合図に、お母さんは朝のように『お願いね』と念を押して電話を切った。

携帯電話から聞こえる機械的な電子音を確認した後、私はリビングを飛び出し自分の部屋へと走った。

クローゼットを開け、今日は絶対に着ないと決めていた制服を手に取り覚悟を決める。

学校の中にいる雨先輩に会いに行くのなら、制服を着ていかなきゃいけない。突然、制服以外の服を着て私が現れたら、無駄に注目を浴びて、運悪く途中で先生に見つかれば足止めを食うかもしれないから。

……私って、本当にバカだ。雨先輩の携帯電話の番号を聞いていなかったことに、今さら気がつくなんて。

制服のブラウスに腕を通してスカートを穿くと、襟元にリボンをつける。手はカタカタと震えていて、いつもよりも準備に少し手間取ってしまった。

「行かなきゃ……」

鏡の前に立ち、自分自身に言い聞かせる。

今は、一刻も早く、きっと屋上にいるであろう雨先輩のところへ私は行かなきゃいけない。そして先輩と一緒に、トキさんの待つ病室まで走るんだ。

「……ああ、そっか」

靴を履き終え、玄関扉に手をかけたところで、不覚にも気づいてしまった。

『無理やり避けようとしても、最悪の未来を起こすために美雨を家の外に引きずり出す〝なにか〟が起きる』

「なにか……って、これだったんだ」

やっぱり、雨先輩の予報は外れなかった。

思わず苦笑いをこぼした私は、傘立てから透明のビニール傘を取り出すと、勢いよくドアを開けた。

降りしきる雨。それはまるで、外に出てきた私を嘲笑《あざわら》っているかのようで嫌になる。

冷たいしずくをなぎ払うように空に向かって傘を広げると、私は雨の中を弾けるように駆け出した。

これからどうなろうとも、私は今、走らなきゃいけない。でないと、私は絶対後悔する。雨先輩を、ひとりにはできない。ひとりになんて、絶対にさせない。

土砂降りの雨の中、私は切れる息も忘れたように、制服姿で走り続けた。走って、走って、無我夢中でひとり、雨の中を駆け抜けた。


「は……っ、はぁ……はっ」

どれくらい、走り続けたかもわからない。今が何時であるかもわからなかった。

家から駅まで行き、電車に飛び乗って学校のある最寄りの駅に着いたら、そこから学校までも、必死に走った。傘なんて、もうほとんど意味がない。

顔を叩く雨粒、濡れそぼった制服、雨の染み込んだローファー、冷え切った手のひら。いつもなら、そのすべてに不快感を覚えるけれど、今はなにひとつだって気にしている余裕はなかった。

早く、雨先輩のところに行かないと。早く、トキさんのことを伝えなきゃ。

濡れて重くなったローファーは、走るには邪魔くさくて、本当なら今すぐにでも脱ぎ捨ててしまいたかった。

「はぁ……っ、はっ、はぁっ」

あと、ふたつ。この先の曲がり角を曲がれば、学校の門が見えてくる。

門を抜け、学校の中に入ったら一気に屋上まで駆け上がろう。屋上の扉を開けたら、そこで雨宿りをしながら空を見上げているだろう雨先輩を捕まえるんだ。

雨の流れる地面を蹴り、顔に張りついた髪をよけることや、泥が靴下に跳ねるのを避けることも忘れて、ただただ必死に走り続けた。

大丈夫。今ならきっと、まだ間に合う。だから雨先輩、どうか一分一秒でも早く、トキさんのところへ行きましょう。トキさんもきっと雨先輩のことを待っているから、今すぐに――。

「美雨……っ!!」

最後の曲がり角を曲がって、あとひとつ道路を渡れば、もう学校は目の前というところ。土砂降りの雨の中で、突然、私を呼ぶ声が聞こえた。

「え？」

思わず足を止めて、声がした方へと目を向ける。

するとそこには私と同じ透明の傘を差し、唖然《あぜん》とした表情で私を見る雨先輩が立っていて、息が止まった。

駆け寄って、手を伸ばせば届く距離。

だけど、どうして先輩が、こんなところに？

「雨せんぱ――」

雨先輩。けれど、私がその名前を呼ぶより先に、耳をつんざくようなブレーキ音が辺り一面に響き渡った。

直後、視界に大きな黒い塊が映り込む。私に向かって突進してくるトラックの運転手さんが携帯電話を耳に当てながら、歩道に立つ私を見て驚愕《きょうがく》して目を見開いた。

冷たい雨が頬を殴って、濡れそぼった髪が輪郭をなぞるように張りついていた。

ああ、そうだ。私の未来は……ここで終わる。

ぼんやりと、その光景を他人事のように受け止めながらも、私は最後の力を振りしぼって、大きく声を張り上げた。

「雨先輩……っ!!　トキさんのところに行ってください!!」

私の声が、雨先輩に聞こえたかなんてわからない。叫んだ直後、なにかが私の腕に触れて、身体が経験したことのない痛みに襲われた。

手から離れた透明の傘が、雨の中、灰色の空に舞う。

……未来は、変わらなかった。

最後に頭の中でそんな言葉をこぼした私が目を閉じると、今まで出逢った人たちの顔がまるで流れ星のように、鮮明にまぶたの裏に浮かんで消えた。

凍えるように冷たい雨が落ちてくる。

どんなに強く願っても、私はもう、顔を上げることはできなかった。

雨上がりの星たちへ

「ねぇ、お水も入れるの？」

十二月も半ばを過ぎた頃。お線香の束を持ったまま振り返ると、独特の香りが優しく鼻孔をくすぐった。

「少しだけね。雨も降ってるし、あんまり入れても仕方ないから」

左手に傘、右手に柄杓《ひしゃく》を持ち、今まさに水を注ごうとしている姿を目に入れ、「そっか」と小さく相槌を打った。

空からは、しとしとと雨が落ちてくる。拡げた透明のビニール傘に弾かれて、しずくが先ほどから楽しそうに踊っていた。

「それよりも、学校は大丈夫？　今から行って間に合うの？」

「うん、大丈夫。今日は、検査結果を聞きに行くから午前中いっぱい休むって担任の先生には伝えてあるし、午後からの授業には十分間に合うし問題ないよ」

「そう、それならいいけど……。もう本当に、ビックリしたんだから」

悲しげにまつげを伏せて重々しいため息をつかれ、ついうつむいてしまう。

「……うん。心配かけて、ごめんね」

思わず困ったように笑うと、「まったくもう」と呆れたような返事を返された。

しんしんと降る雨は、今すぐにはやみそうもない。同じく未だに心を濡らし続ける雨に、つい一カ月ほど前の出来事を思い出して胸が苦しくなる。

「でも、本当に無事でよかったわ。まさか交通事故に遭うなんて思わなかったから、連絡もらった時は、生きた心地がしなかったもの」

土砂降りの雨の中、大型トラックが、突然歩道に突っ込んできたのだ。原因は運転手の前方不注意で、携帯電話で通話しながらであったことも、後々警察から聞かされた。

「でも……あなたは無事だったけど、本当に残念だったわね……。まさか、こんなことになるなんて」

その言葉と同時に、私たちは目の前の墓石へと目を向けた。

今、私たちのいる霊園の中で一番大きくて、一番奥まった場所にある、【雨宮】と名の刻まれた、立派なお墓だ。

「本当に、悔しいわね……」

涙を両目に溜めながら、私とお母さんは並んで墓石へと手を合わせた。

もう二度と会えないその人を想うと、心が痛む。私はあの日、私の未来と並行して消えてしまった尊い命を想って、涙をこぼした。

「美雨！　検査結果は、どうだった!?」

午後、教室に着くなり私を見つけて駆け寄ってきたユリに、慌てて笑顔で手を振った。

唇をとがらせるユリは、私のことをとても心配してくれていたのだろう。

「大丈夫だったよ。そもそも怪我は打撲だけだし、事故があった時は脳震《のうしん》とうを起こしたけど、それは一週間前に退院した時にも、もう問題ないだろうって言われたし」

「そっかぁ！　ああ、もう、ホントによかった!!　ホントにホントに、安心した！」

ギュッと抱きついてきたユリの身体は、いつだって温かい。

そのぬくもりに心の底から安堵した私は、未だに痛む胸に心の中で手を当てた。

私は、生きている。死ぬと言われた未来を越えて、今という未来を生きているんだ。

だけどそれは、大きな犠牲の上で許されたもの。

「ごめん、ユリ……。私、ちょっと行かなきゃいけないところがあるんだ」

「え？　ああ、そっか。わかった。今日、だったよね？」

「うん……」

未だに私の身体を離さないユリを遮って、カバンの中から取り出したのは、シワが寄った一枚の紙だった。

随分と提出するのが遅くなってしまった、私の未来。必ず出すようにと言われた、進路表だ。

「美雨は、看護師を目指すって決めたんだよね？」

「うん。今回、入院もして……間近で看護師さんたちの仕事を見て、改めて覚悟も決めたよ」

　まっすぐにユリの目を見つめながら言えば、彼女はとても嬉しそうに笑ってくれた。

「そっかぁ。美雨ならきっと、いい看護師さんになるよ！」

「……ありがとう。進学については、先生から奨学金の話とかも含めて相談してみようかなって思ってるの。冷静になって考えたら、夢を諦めなくても、叶えるためのいろいろな方法が今はあるんだって、気がついたから」

　入院中、進路についても改めて考える時間を持つことができた私は、インターネットや先生に頼んでもらった資料を見て、奨学金制度のことを知った。すると、夢を諦めようと思っていた時には目に見えなかった情報が、次々と入ってくるようになったのだ。

　下ばかり向いていた私はきっと、視野が狭くなっていたのだろう。狭い世界で息ができなくなって、ひとりで、もがき続けていた。

「私、看護師になるって夢、絶対に叶えてみせるから」

　そう宣言したと同時に、遠くで予鈴の音が鳴り響く。

顔を上げた私は、時計を見て思わず目を見開いた。

「ごめん、ユリ。私、行かなきゃ！」

早くしないと、午後の授業が始まってしまう。

「うん、いってらっしゃい！」

ユリに片手を上げると、私は足早に教室を後にした。


「雨、やまないな……」

相変わらずしんしんと、外は冷たい雨が降っている。

流れていく景色を視界に捉えながら、私は痛む心に精いっぱい蓋をした。

こんな雨の日は、嫌でも思い出してしまうから。雨の中を必死に走ったあの日、あの時、消えてしまったものの尊さを一日中考えてしまうのだ。

職員室までの廊下を歩いている途中、私はふと、足を止めた。

見上げた先にある階段。その階段をのぼれば、一カ月前、今日という未来へと私を連れてきてくれた、始まりの場所があった。

次の授業が始まるまでに職員室へ行かなければならないのに、どうしても、ここから動くことができない。

気がつくと私は、屋上に繋がる階段を、一歩一歩のぼっていた。

約一カ月ぶりのドアノブに手をかけると、相変わらず鈍い音を立てて扉が開く。

「……っ」

目の前に、広がる景色。気休め程度の屋根のついた入り口のそばで、雨宿りをするように空を見上げれば、不意に涙が溢れ出して私の頬を冷たく濡らした。

「雨先輩……」

今、ここにはいない彼の名前を口にする。彼はもう、ここで以前のように、変わらぬ景色を見ることはできないのだ。私と同じように、この景色を目に映すことはできない。

頬を、涙と雨が濡らしていく。

思い出すのは、あの時、あの瞬間、私が事故に遭った時のこと。

トラックが私めがけて突っ込んできた時、先輩は私の腕を強く引き、そのまま庇《かば》うように抱きしめた。同時に、先輩は事故に巻き込まれて私と一緒に冷たいコンクリートへと叩きつけられたのだ。

真っ赤に染まった視界。鼻先をかすめた、雨のにおい。

あれから後悔なんて、どんなにしてもし足りないくらいにしている。

もしも私が雨先輩の言いつけどおり、家から出ずにいたら、あんなことは起こらなかったんじゃないか。どうしてあの時、冷静になって、もっと別の方法を考えなかっ

なかった。

だけど、そんなふうに後悔を重ねても、私の手にはなにひとつ、戻ってくることはなかった。

過去を、変えることはできない。あの手紙に書いてあったとおり、現在《いま》を生きる私たちは、どんなに苦しい時でも未来を向いて生きるしかないのだ。

「雨、先輩……」

だけど、きっと私はこれからも、過去というあの日々を思い出して泣くんだろう。

雨先輩の柔らかな笑顔、時折見せる寂しそうな横顔。雨先輩と見た景色。ユリの未来、カズくんと追いかけた過去、タクちゃんの涙に、トキさんの優しい声……。

もっと、たくさん話したかった。もっと、いろいろなことを聞かせてほしかった。

あまりにも短くて、あまりにも長い時間だった。まるで奇跡みたいな、時間だった。

だから私は、その奇跡を抱きしめながら、今日を生きよう。明日という未来を願い前に進むんだ。

冷たい雨の中を駆け抜けて、強く願った未来を心に抱いて。いつでも空を見上げて、これからも私はずっと、奇跡のような一週間に起きたすべてを、忘れない。

「……行かなきゃ」

ぽつりとこぼして、私は空から視線を外した。そのまま背後のドアノブに手をかけ、ゆっくり回す。

すると私が回すよりも早く、突然ドアノブが回って、目の前の扉が開いた。

慌てて身体を後ろに引いて身構えると、蛍光灯の無機質な明かりに目がくらんだ。

「ああ、やっぱりここにいた」

ふわり、と屋上に吹いた風に黒髪が揺れる。

「きっと、ここにいるだろうと思ってた」

私をまっすぐに見つめる黒い瞳と目が合った瞬間、鼻の奥がツンと痛んだ。

「雨、先輩……どうして」

「あれ、言ってなかった？　俺は昨日、退院だったんだ。家にいても退屈だし、いろいろ学校に出さなきゃいけない書類もあったから、さっき来たとこ」

後ろ手で扉を閉めて、飄々とそんなことを言う雨先輩。

思わずムッとしながら彼を見上げると、先輩は不思議そうに私を見てから首をかしげた。

「なんで怒ってるの？」

「なんでって……退院の日を言い忘れてたのはもちろんですけど、今日学校に来るなら来るで、連絡してくれたらよかったのに！」

「あ、そうか。忘れてた」

キョトンとしながら少しも悪びれずに言う雨先輩を、思わず水たまりに突き飛ばしてしまいたくなる。

本当に……こっちの気も知らないで、この人は……。

「えーと……今日は朝から、ばあちゃんの四十九日のこととか、お墓にもまだ行けてないのになぁとか考えてたら、ウッカリして、ごめん」

けれど雨先輩も、顎に梅干を作った私を見て、さすがにマズイと思ったのだろう。

私がどうにも反論できない言い訳を放り込んできた。

「お墓参りは……私は、今日の午前中に、お母さんが仕事が休みだったので一緒に行ってきました。今日が検査結果を聞く日だったので、その報告も兼ねて」

「あ。その結果、俺だってまだ聞かされてないよ。それなら、いろいろおあいこじゃない？」

「言っときますけど、雨先輩は、これで二回目ですからね！　入院中の検査結果が出た日だって……その〝右目〟のことも、伝え忘れてたって堂々と言ったんですから！」

文句を並べながら、私は、眼帯のされた雨先輩の右目を強く指差した。

そうすれば雨先輩はバツが悪そうに眉を下げ、私から目を逸らして小さく笑う。

「これは忘れてたんじゃなくて……ただ、言いづらかっただけだよ。俺が右目の視力を失ったなんて知ったら、美雨は絶対に、罪悪感を感じて自分のことを責めると思ったから」

再び風が吹き、雨先輩の前髪を静かに揺らした。

ハッキリと眼帯が空気にさらされ、痛々しさから目を逸らしそうになる。

「だからって……内緒にされたら、余計に傷つきます」

つぶやいて眉を下げると、雨先輩が私を見て「ごめん」と静かに声を落とした。

罪悪感なんて、あの日から一度も消えることはない。それはきっとこの先も、続いていくことだろう。

雨先輩は、あの事故で右目の視力を失った。

あの日、トラックがぶつかるより先に、私の腕を引いて物陰に倒れ込んでくれた雨先輩のおかげで、私たちはなんとか大事に至らずに済んだ。けれどその時、近くにあった電柱に衝突したトラックのサイドミラーが割れて、その破片が運悪く雨先輩の右目を傷つけてしまったのだ。

事故の後、いろいろな検査を経て告げられたことは、右目の視力が完全に失われたという事実。あまりにも不平等で、どうして私ではなく雨先輩がそんな目に遭うのかと泣いた私に、雨先輩は諭すように言ったのだ。

『大丈夫だよ。これでもう、見たくもない未来を見なくて済むんだから』

「――美雨？」

うつむいて、黙り込んでしまった私を雨先輩の優しい声が呼んだ。

ハッとして顔を上げると、心配そうに私を見ていた彼と目が合う。

「雨先輩が無事で……本当によかったです。雨先輩が死ななくて……っ、本当に本当に、よかったっ」

無垢で綺麗な黒い瞳に映り込む私は、今にも泣き出しそうな表情《かお》をしていた。

雨先輩は片目の視力を失って、これから先の未来でどんな壁にぶつかるのかもわからない。それに、あの事故のせいでトキさんを看取ることもできず、私と先輩が目を覚ました時には、トキさんはすでに還《かえ》らぬ人となっていた。

だけど、それでも。たとえなにが起きても雨先輩が生きていてくれてよかったと、思わずにはいられなかった。

どんなことがあったとしても私は、雨先輩の命があって、こうして隣にいてくれることが、嬉しくてたまらないのだ。

「ごめん、なさい……っ。私、本当にどうしようもないヤツで……でも、わかってても、もう、生きていてくれてありがとうって、それしかなくて……」

涙で濡れた顔を隠すように両手で覆えば、頭に優しい手が触れた。

誘われるように顔を上げると、柔らかに微笑む雨先輩と目が合って、心臓がトクンと小さく音を立てる。

「美雨は、謝る必要なんてない。俺も今、生きて、こうして美雨に触れることができて嬉しいから。美雨に出逢ってなければ知り得ない気持ちだった。だから美雨、ありがとう。俺と出逢ってくれて、本当に感謝してる」

春のような穏やかな笑顔でそう言った雨先輩は、私の髪を優しく撫でた。

温かな言葉と笑顔が嬉しくて、涙がひと筋、私の頬を伝ってこぼれ落ちる。

『ありがとう』なんて……私のほうこそ、雨先輩にどれだけ伝えても、足りない言葉だ。雨先輩に出逢って、気づいた気持ちがたくさんあったのだから。

「そもそも……俺のほうこそ、美雨に謝らなきゃいけないことがあって」

「え？」

「なにから説明したらいいのか、わからないんだけど……」

突然困ったように眉を下げた雨先輩は、私の髪からそっと手を下ろした。

見上げた先の雨先輩の瞳は頼りなく揺れていて、思わず首をかしげてしまう。

先輩が私に謝らなきゃいけないことなんてないでしょう？

思ったことが、そのまま顔に出ていたのだろう。一瞬なにかを躊躇して、それでもまた意を決したように息を吐いた先輩は、私の手をそっと掴んだ。

「そもそも最初から、美雨は死ぬわけじゃなかったんだと思う」

「……はい？」

「入院中に、いろいろ考えてたんだ。ほら……最初に、ここで美雨の未来を見ただろ？　その時に俺が見た、美雨の未来。あれがそもそも、間違った解釈だったんだ」

一瞬、なにを言われているのかわからなくて、私は固まったまま動くことができなかった。

私が死ぬ未来が、間違っていた？　そもそも、私は死ぬわけじゃなかった？　本当に、雨先輩はなにを言ってるんだろう。

「だけど、実際に私は事故に遭ったし……」

「うん、そうなんだけど。前に、俺が話した特別な力のこと、覚えてる？」

「えっと、なんのことを言われているのか、サッパリ……」

半ば呆然としたまま答えると、雨先輩は困ったように微笑んだ。

「俺は、他人の未来を見ることはできるけど、自分の未来を見ることはできないって話」

「ああ、はい、覚えてます」

聞いた時は、なんて不便な力なのだろうと思ったけれど、それと私の事故に、いったいどういう関係があるのだろう？

「大きな黒い塊が美雨めがけて突っ込んできた後、突然世界が暗闇に包まれて、なにも見えなくなった」

「そう、です。だから私は、死ぬだろうって……」

実際あの時、大きな黒い塊……トラックが私めがけて突っ込んできて、私は雨先輩が助けてくれなければ、きっと還らぬ人となっていただろう。

「うん、だからね。それは、美雨の未来じゃなかったんだ」

「私の未来じゃなかった……？　言ってる意味が、わかりません」

「つまり、トラックが美雨に向かって突っ込んできたところまでは美雨の未来だったけど……美雨を助けたところからは、俺の未来だったんだよ」

雨先輩の言っていることがわからず、私は目を見開いて固まった。

「俺の未来だったから、真っ黒になってなにも見えなくなった。俺は、自分の未来を自分で見ることはできないから。そして多分……そこから先の美雨の未来も見えなかったのは、今、こうして美雨の手を俺が掴んでるからなんだって気がついた」

それって……。

「美雨の未来と俺の未来が重なったから、俺には美雨の未来が見えなかった」

やっぱり、なにを言われているのかわからない。だけど、すぐにすべてを理解して、今度は身体が沸騰したように熱くなった。

重なった、ふたつの未来。つまり、私の未来は雨先輩と一緒に歩んでいくから、雨先輩には見えなかったってこと？

「で、でも……。雨先輩、私のお母さんの未来も見たじゃないですか！」

「……うん？」

「それで、お母さんは私が死んでから泣いて大変だって！　お母さん、私が死んだら立ち直れないままだって、言ったじゃないですか!!」

　思わず雨先輩に詰め寄ると、今度こそバツが悪そうに私から目を逸らした先輩は、思いもよらないことを口にした。

「……美雨のお母さんの未来に関することは、全部、俺がついた嘘」

「はぁ!?」

「俺は一度も美雨のお母さんの未来を見てないし、美雨と美雨のお母さんが話してる時も、ほとんどお母さんの目は見ないようにしてたから……うん」

『うん』って。なに、なんなの!?

　あの日、私がボロボロになるくらい泣き続けた瞬間を、すべてなかったことにしたくなる。

　あ……あんなに、思い出したくもないくらいグズグズになって泣いたのに、まさか全部、嘘だったなんて。

「最低……っ!!」

　思わず声を張り上げると、雨先輩は叱られた子犬のように肩を落としてうつむいた。

そんな先輩を前にしても、私の怒りは収まりそうもない。

本当に、この人は……やっていいことと、悪いことの区別もつかないんだろうか。

あんなお母さんの話、たとえ嘘でも聞きたくなかったって、私の気持ちは無視なの!?

「嘘をついたことに関しては、ホントにごめん……ただ……」

「ただ……なんですか？」

どうにも怒りの収まらない私は、雨先輩をにらみ上げた。

「ただ、どうしても見たくなかったんだ。あの時は、俺も美雨が死ぬかもしれないって思ってたから、たとえ美雨のお母さんを通してでも、美雨がいない未来を見たくなかった」

「……なっ」

思いもよらない先輩の言葉に、一瞬で全身が熱を帯びる。

「もちろん、強がってる美雨の本音を引き出したかったっていうのもあったけど……うん、だから俺はあの時、咄嗟に嘘をつきました、ごめんなさい」

降参したように両手を上げた雨先輩を、とてもじゃないけど、もうこれ以上、怒る気にはなれなかった。

屋上に吹く冷たい風が、私の頬を優しく撫でる。何度も、何度も。私たちを未来に導くように、強く、強く、強く吹き続ける。

「じいちゃんが、ばあちゃんを大切な人だと言ったみたいに……俺にとって美雨はもう、大切な存在だから」

「な、急になに言って……っ」

「多分、好き。……いや、俺は、必死に未来を探している美雨のことが、好きなんだ」

ほんのりと頬を赤く染めながら、まっすぐに私の目を見て言った雨先輩の言葉に、心臓が早鐘を打つように高鳴った。

いつの間にか、私たちを濡らした雨はやんでいた。

雨上がりの空を見上げると、その向こうでトキさんが微笑んでくれているような気がして涙がにじむ。

空の彼方《かなた》。ようやく再会できたであろうふたりはきっと、笑顔で私たちを見守ってくれている。雨宿りを終えた私たちを見て……きっと優しく微笑んでくれていると、そう思う。

「そんなこと言って……未来なんて、どうなるかわからないじゃないですか」

「うん。未来は、見えないものだからね」

照れ隠しで空を見上げたまま私がつぶやけば、春の風が吹くように、隣で彼が微笑んだ。

「美雨は、あの一週間のことを後悔してる？　俺に出逢わなければよかったって、今、思ってる？」

そんなの、聞かれなくても答えは決まってる。

雨先輩と過ごした奇跡みたいな一週間は、私にとってとても大切な時間だった。

たった、一週間。けれど、私のなにかを変えるには十分で、私にとっては何物にも代えがたい奇跡だった。

それが、とんでもない勘違いから始まった時間でも。今の私は間違いなく、雨先輩に出逢えたことに、心の底から感謝している。

「後悔なんて、してません。でも……未だに、夢みたいな時間だったなって思います」

正直に苦笑いをこぼせば、雨先輩は楽しそうに笑った。

あの一週間を経て、明確ななにかを手に入れることができたのかと尋ねられたら、今でもそれに答えることは難しい。

けれど、その中でも、こんなふうに笑い合えること。涙をこぼすこと。空を見上げて話をすること。風の匂いに触れて、聞こえる音に耳を澄まして、穏やかに流れる時間をすぐそばに感じること。

そんな何気ない毎日が決して当たり前ではないのだと気がついた今、私はほんの少しだけ、明日という未来を、以前よりも大切に生きられるような気がしている。

「この先も、未来がどうなるかなんてわからない。だからまた、弱気になることもあるかもしれないけど……」

続く言葉は声にせず、まっすぐに顔を上げて、隣に立つ雨先輩を見上げた。

するとそんな私を見て一瞬、まぶしそうに目を細めた彼は、私の代わりにその先の言葉を紡いでくれる。

「たとえなにが起きても、見えない未来を見るために、必死に現在《いま》を走り続けたい」

柔らかに微笑む彼の声は、雨上がりの空のように晴れやかだった。

「走ったその先に……なにもなかったら？」

つい意地悪で尋ねれば、雨先輩は再び楽しそうに笑みをこぼす。

「なにもなかったら、その時はまた雨宿りしよう」

「その時……雨先輩は、どこにいるんですか？」

「大丈夫、きっと美雨のそばにいる」

澄み渡る青空に、凛と通る声だった。

『もしも、未来が見えたなら』――そんなバカげた空想に、想いを馳せた、あの日から。

雨先輩とふたり、不確かなものばかりを追いかけた。

未来がどうなるかなんてわからない。

未来なんてきっと、この先も見えないけれど。

それでも今、ここにあるぬくもりだけは、紛れもない真実だ。

だからこれからも、歩いていこう。

やまない雨はないと信じて歩いていこう。

まだ見ぬ未来に届く、その日まで。

星のように輝く未来まで――。

「……〝きっと〟なんて、曖昧な言葉じゃ嫌です」

「え？」

「〝ずっと〟私のそばにいるって、約束してください」

足元を、黄金色の風が駆け抜ける。

突然の言葉に目を見開いた雨先輩は、前を向く私の横顔を静かに眺めた。

そっと彼の手を取れば、トクンと鼓動が小さく跳ねる。

重なり合う手から伝わる温度がくすぐったくて、私の顔には笑顔が咲いた。

「……わかった」

「え？」

「ずっと、美雨のそばにいる」

優しい声が、私を呼んだ。

「だから美雨も、これからもずっと、俺の隣で笑ってて」

思わず顔を上げると、ほんのりと耳を赤く染めた彼の横顔が、目に飛び込んできた。

さらりと風に揺れる黒髪。ビー玉のように綺麗な瞳。

胸に溢れるこの気持ちの名前を……私は彼に出逢って、初めて知った。

「見て、……虹だ」

雨先輩が、空を見上げる。

繋いだ手に力を込めると、胸いっぱいに愛しさが広がった。

「私も好きです、雨先輩」

溢れた言葉が、私たちの現在《いま》を重ねてくれる。

無限に広がる青空には、大きな虹がかかっていた。

fin

あとがき

このたびは『雨宿りの星たちへ』を、お手に取ってくださり、ありがとうございます。作者の、小春りんと申します。

「未来を知りたい」

今思えばこれまでの人生で、そう願ったことは決して少なくないように思います。美雨と同じように選択に迷った時、悩み苦しんだ時、現実に打ちのめされた時には「未来が見えたらいいのに」なんて、ふと思うことがありました。

当然のことながら、私は雨先輩のように未来を見る特別な力があるわけでもありません。その結果、いつも「本当にこの選択で間違っていないだろうか」なんて不安を抱きながら、一つひとつ、答えを見つけて歩んできました。

けれど今、改めて振り返って考えてみると、大切なのは選択した答えではなく、その答えにたどり着くまでの時間だったように思います。

悩み、あがいて、「知りたい」と思った未来を見るために迷い続けた時間。自分以外の誰かと交わした言葉や、未来を探して行動したことが、今の自分を作っている要因なのだと気がつきました。

そして「未来を見る」ための必要最低条件が、今、「生きている」ということです。現在の自分を作ったのが過去の自分なら、未来の自分を作るのも現在の自分です。未来を想うということは、今を精いっぱい生きること。

なにかを伝えたい、と大げさなことを言える人間ではないですが、この物語を通して、たったひとりでも、明日という未来に希望を持っていただけたら嬉しいです。


最後になりましたが、とってもキュートでユニークな担当編集の森上さん。編集協力をしてくださったヨダさん、素敵な表紙を描いてくださったｙｏｍｏｃｈｉさん、デザイナーの西村さん。スターツ出版の皆様。

私と弟の手を、どんな時でも離さず、未来に連れてきてくれた看護師のお母さん。

そして今日まで支えてくださった、たくさんの読者様に心から感謝いたします。


あなたとこうして〝繋がること（Ｌｉｎｋ）〟ができたことに。

そしてこれからもあなたの周りに、笑顔が溢れますよう。

精いっぱいの感謝と、愛を込めて。

二〇一七年十月　小春りん（Ｌｉｎｋ）

この物語はフィクションです。実在の人物、団体等とは一切関係がありません。

小春りん先生へのファンレターのあて先
〒104-0031　東京都中央区京橋1-3-1　八重洲口大栄ビル7F
スターツ出版(株) 書籍編集部 気付
小春りん先生

雨宿りの星たちへ

2017年10月28日　初版第1刷発行

著　者　　小春りん　©Lin Koharu 2017

発 行 人　　松島滋
デザイン　　西村弘美
D T P　　久保田祐子
編　　集　　森上舞子
　　　　　　ヨダヒロコ（六識）
発 行 所　　スターツ出版株式会社
　　　　　　〒104-0031
　　　　　　東京都中央区京橋1-3-1　八重洲口大栄ビル7F
　　　　　　TEL　販売部　03-6202-0386（ご注文等に関するお問い合わせ）
　　　　　　URL　http://starts-pub.jp/
印 刷 所　　大日本印刷株式会社

Printed in Japan

ISBN　978-4-8137-0344-0　C0193

スターツ出版文庫　好評発売中!!

『そして君に最後の願いを。』　菊川《きくかわ》あすか・著

山と緑に包まれた小さな町に暮らすあかり。高校卒業を目前に、幼馴染たちとの思い出作りのため、町の神社でキャンプをする。卒業後は小説家への夢を抱きつつ東京の大学へ進学するあかりは、この町に残る颯太に密かな恋心を抱いていた。そしてその晩、想いを告げようとするが…。やがて時は過ぎ、あかりは都会で思いがけず颯太と再会し、楽しい時間を過ごすものの、のちに信じがたい事実を知らされ――。優しさに満ちた「まさか」のラストは号泣必至！

ISBN978-4-8137-0328-0 ／ 定価：本体540円＋税

『半透明のラブレター』　春田《はるた》モカ・著

「俺は、人の心が読めるんだ」――。高校生のサエは、クラスメイトの日向から、ある日、衝撃的な告白を受ける。休み時間はおろか、授業中でさえも寝ていることが多いのに頭脳明晰という天才・日向に、サエは淡い憧れを抱いていた。ふとしたことで日向と親しく言葉を交わすようになり、知らされた思いがけない事実に戸惑いつつも、彼と共に歩き出すサエ。だが、その先には、切なくて儚くて、想像を遥かに超えた“ある運命”が待ち受けていた…。

ISBN978-4-8137-0327-3 ／ 定価：本体600円＋税

『奈良まちはじまり朝ごはん』　いぬじゅん・著

奈良の『ならまち』のはずれにある、昼でも夜でも朝ごはんを出す小さな店。無愛想な店主・雄也の気分で提供するため、メニューは存在しない。朝ごはんを『新しい一日のはじまり』と位置づける雄也が、それぞれの人生の岐路に立つ人々を応援する“はじまりの朝ごはん”を作る。――出社初日に会社が倒産し無職になった詩織は、ふらっと雄也の店を訪れる。雄也の朝ごはんを食べると、なぜか心が温かく満たされ涙が溢れた。その店で働くことになった詩織のならまちでの新しい一日が始まる。

ISBN978-4-8137-0326-6 ／ 定価：本体620円＋税

『茜色の記憶』　みのりfrom三月《さんがつ》のパンタシア・著

海辺の街に住む、17歳のくるみは幼馴染の凪に恋している。ある日宛先不明の手紙が届いたことをきっかけに、凪には手紙に宿る“記憶を読む”特殊能力があると知る。しかしその能力には、他人の記憶を読むたびに凪自身の大切な記憶を失うという代償があった―。くるみは凪の記憶を取り戻してあげたいと願うが、そのためには凪の中にあるくるみの記憶を消さなければならなかった…。記憶が繋ぐ、強い絆と愛に涙する感動作！

ISBN978-4-8137-0309-9 ／ 定価：本体570円＋税

スターツ出版文庫　好評発売中!!

『交換ウソ日記』　櫻《さくら》いいよ・著

好きだ――。高２の希美は、移動教室の机の中で、ただひと言、そう書かれた手紙を見つける。送り主は、学校で人気の瀬戸山くんだった。同学年だけどクラスも違うふたり。希美は彼を知っているが、彼が希美のことを知っている可能性は限りなく低いはずだ。イタズラかなと戸惑いつつも、返事を靴箱に入れた希美。その日から、ふたりの交換日記が始まるが、事態は思いもよらぬ展開を辿っていって…。予想外の結末は圧巻！感動の涙が止まらない！

ISBN978-4-8137-0311-2 ／ 定価：本体610円＋税

『私の好きなひと』　西《にし》ナナヲ・著

彼はどこまでも優しく、危うい人―。大学１年のみずほは、とらえどころのない不思議な雰囲気をまとう『B先輩』に出会う。目を引く存在でありながら、彼の本名を知る者はいない。みずほは、彼に初めての恋を教わっていく。しかし、みずほが知っている彼の顔は、ほんの一部でしかなかった。ラスト、明らかになる彼が背負う驚くべき秘密とは…。初めて知った好きなひとの温もり、痛み、もどかしさ―すべてが鮮烈に心に残る、特別な恋愛小説。

ISBN978-4-8137-0310-5 ／ 定価：本体610円＋税

『きみと繰り返す、あの夏の世界』　和泉《いずみ》あや・著

夏休み最後の日、真奈の前から想いを寄せる先輩・水樹が突然姿を消す。誰に尋ねても不思議と水樹の存在すら憶えておらず、スマホからも彼の記録はすべて消えていた。信じられない気持ちのまま翌朝目覚めると、夏休み初日――水樹が消える前に時間が戻っていた。“同じ夏”をやり直すことになった真奈が、水樹を失う運命を変えるためにしたこととは…。『今』を全力で生きるふたり。彼らの強い想いが起こす奇跡に心揺さぶられる――。

ISBN978-4-8137-0293-1 ／ 定価：本体570円＋税

『真夜中プリズム』　沖田《おきた》 円《えん》・著

かつて、陸上部でエーススプリンターとして自信と輝きに満ち溢れていた高２の昴。だが、ある事故によって、走り続ける夢は無残にも断たれてしまう。失意のどん底を味わうことになった昴の前に、ある日、星が好きな少年・真夏が現れ、昴は成り行きで真夏のいる天文部の部員に。彼と語り合う日々の中、昴の心にもう一度光が差し始めるが、真夏が昴に寄せる特別な想いの陰には、過去に隠されたある出来事があった――。限りなくピュアなふたつの心に感涙！

ISBN978-4-8137-0294-8 ／ 定価：本体550円＋税

スターツ出版文庫　好評発売中!!

『鎌倉ごちそう迷路』　五嶋《ごとう》りっか・著

いつか特別な存在になりたいと思っていた——。鎌倉でひとり暮らしを始めて３年、デザイン会社を半ばリストラ状態で退職した竹林潤香は、26歳のおひとりさま女子。無職の自由時間を使って鎌倉の町を散策してみるが、まだ何者にもなれていない中途半端な自分に嫌気が差し、実家の母の干渉や友人の活躍にも心乱される日々…。そんな彼女を救ったのは古民家カフェ「かまくら大仏」と、そこに出入りする謎の料理人・鎌田倉頼——略して“鎌倉”さんだった。

ISBN978-4-8137-0295-5 ／ 定価：本体550円＋税

『京都あやかし絵師の癒し帖』　八谷《はちや》 紬《つむぎ》・著

物語の舞台は京都。芸術大学に入学した如月椿は、孤高なオーラを放つ同じ学部の三日月紫苑と、学内の大階段でぶつかり怪我を負わせてしまう。このことがきっかけで、椿は紫苑の屋敷へ案内され、彼の代わりにある大切な役割を任される。それは妖たちの肖像画を描くこと——つまり、彼らの“なりたい姿”を描き、不思議な力でその願いを叶えてあげることだった…。妖たちの心の救済、友情、絆、それらすべてを瑞々しく描いた最高の感涙小説。全４話収録。

ISBN978-4-8137-0279-5 ／ 定価：本体570円＋税

『太陽に捧ぐラストボール　上』　高橋《たかはし》あこ・著

人を見て“眩しい”と思ったのは、翠に会った時が初めてだった——。高校野球部のエースをめざす響也は太陽みたいな翠に、恋をする。「補欠！　あたしを甲子園に連れていけ！」底抜けに元気な彼女には、悩みなんて１つもないように見えた。ところがある日、翠が突然倒れ、脳の病を患っていたと知る。翠はその眩しい笑顔の裏に弱さを隠していたのだった。響也は翠のために必ずエースになって甲子園へ連れていくと誓うが…。一途な想いが心に響く感動作。

ISBN978-4-8137-0277-1 ／ 定価：本体600円＋税

『太陽に捧ぐラストボール　下』　高橋《たかはし》あこ・著

エースになり甲子園をめざす響也を翠は病と闘いながらも、懸命に応援し続けた。練習で会えない日々もふたりの夢のためなら耐えられた。しかし甲子園行きをかけた試合の前日、突然、翠の容態が急変する。「あたし、補欠の彼女でよかった。生きててよかった…」そう言う翠のそばにずっといたいと、響也は試合出場をあきらめようとするのだったが——。互いを想い合う強い気持ちと、野球部の絆、ひと夏にかける一瞬の命の輝きが胸を打つ、大号泣の完結編！

ISBN978-4-8137-0278-8 ／ 定価：本体560円＋税

書店店頭にご希望の本がない場合は、書店にてご注文いただけます。